Alfred Landmesser

Die Schuhe an
den Nagel gehängt

Eine etwas verrückte
Fußballgeschichte

Impressum:

©2018 Alfred Landmesser

Herstellung und Verlag:

BoD- Books on Demand, Norderstedt

ISBN: 9783752869552

1. Der kleine ‚Di Stéfano'

Es war spät am Abend. Das zur Hälfte heruntergeschaltete Flutlicht im Stadion hüllte den Rasen in unwirkliches, gespenstiges Grün. Über mir der Sternenhimmel, der wie eine riesige Kuppel das Stadion bedeckte. Die letzten Zuschauer begaben sich auf den Heimweg. Wir hatten ein wichtiges Spiel gewonnen. Wir? Nun, das waren genau genommen die Spieler gewesen, aber wie das so ist, fühlten sich auch die Zuschauer als Gewinner. Sie hatten mitgefiebert, geschrien, gejubelt. Irgendwie hatten sie also auch mitgekämpft.

Ich befand mich weit oben auf der Stehtribüne, wo man sich gewundert hatte, einen alten Mönch in schwarzer Kutte bei einem Fußballspiel zu sehen, und verspürte noch keinen Drang, ebenfalls zu gehen. Ich lehnte mich stattdessen ein wenig an eine Brüstung und ließ alles auf mich wirken, was der Abend gebracht hatte. Ich war ein Teil dieser Menge gewesen und stand nun allein im weiten Rund.

Viele Jahre meines Lebens hindurch hatte ich das miterlebt. Es gehörte zu meinem Leben, nachdem ich irgendwann eben diesen Verein zu meinem Lieblingsverein erwählt hatte. Ein Weitergeben war es gewesen, ein Vererben vom Vater zum Sohn, diese Liebe zum Fußball und zu diesem Verein, so wie es bei vielen anderen auch passiert.

Ich dachte zurück, während unten ein Helfer um den Platz ging und die Eckfahnen einsammelte. Ich dachte zurück an jenen Tag, an dem ich zum ersten Mal meinen Vater zu einem Fußballspiel, zu einem Spiel dieses Vereins begleitet hatte. „Weißt du noch?", fragte ich in Gedanken versunken meinen Vater, „kannst du dich noch daran erinnern?"

„An was soll ich mich erinnern?", hörte ich da eine leise Stimme fragen.

Neben mir stand da plötzlich ein kleiner Junge von vielleicht sieben Jahren und sah mich frech und belustigt von unten her an. Er hatte einen Schal in den Vereinsfarben Rot und Weiß um den Hals geschlungen. Offensichtlich amüsierte er sich.

„Also, was soll ich wissen, Opa? Oder hast du nicht mich gemeint, sondern führst Selbstgespräche?"

Ich ärgerte mich weniger darüber, dass ich tatsächlich Selbstgespräche führte, und er mich dabei erwischt hatte, als darüber, dass er Opa zu mir sagte. Das klang so, als hinge man im Stadion herum, ohne recht zu wissen, was da abläuft, und zudem nicht mitbekommen hätte, dass dieses Spiel vorüber war.

„Hör zu, Jungchen", sagte ich zu ihm, „nenne mich nicht Opa, das gefällt mir nicht! Ich bin kein Opa!"

„Nun ja", gab er zurück, „wenn ich dich so betrachte, wie du dastehst, so Schwarz in Schwarz gekleidet, keine Fahne, keinen Schal, keine Mütze. Du weißt, was hier abläuft, ja?" Er lächelte mich an, ein wenig überheblich fast. Da war sie also tatsächlich, diese Frage, die ich erwartet hatte.

„Und du glaubst, du verstehst mehr von Fußball, als ich?", meinte ich etwas gekränkt.

„Ich glaube schon, Opa."

Nun war ich endgültig verärgert: „Pass auf, Bübchen, wenn du so schlau bist, wie du vorgibst, dann hast du sicher auch das Buch ‚Der alte Mann und das Meer' gelesen! Oder?"

„Nein, habe ich nicht", antwortete er, „aber ich habe den Film im Fernsehen gesehen."

„Und?"

„Einfach langweilig. Dir aber hat das sicherlich gefallen. Dir gefällt es, wenn in einem Film ein Opa wie du, Stunden benötigt, um einen einzigen Fisch zu fangen. Das findest du dann aufregend. Stimmt's?"

Ich schaute mir den kleinen Kerl noch einmal von oben bis unten an, bevor ich dann weitersprach: „Bübchen, es geht mir nicht um den Fisch und nicht um das Meer, aber in diesem Buch sagt der Junge zu dem älteren Fischer nicht Opa, sondern alter Mann. Könnten wir uns darauf einigen, dass auch du nicht Opa, sondern alter Mann zu mir sagst? Das wäre mir angenehmer. Ich bin nun mal, wie ich bereits sagte, kein Opa."

„In Ordnung, Opa, dann sage ich eben alter Mann zu dir. Für mich macht das keinen Unterschied. Wenn es dir guttut, sage ich halt alter Mann. Aber sag du auch nicht Bübchen. Nenne mich nicht Bübchen, sondern Stefano. So nennen mich auch meine Freunde."

Da war ich nun an der Reihe zu schmunzeln: „Stefano? Weshalb Stefano? Kann es nicht einfach Stefan sein?"

Er schaute mitleidig: „Dachte mir doch, dass du damit nichts anzufangen weißt. Stefano, der Name sagt dir natürlich nichts."

„Stefano klingt aufgeplustert? Oder heißt du tatsächlich Stefano?"

„Hast du je Fußball gespielt, alter Mann?", fragte er schließlich.

He! Er konnte sich nicht vorstellen, dass ich in meinem Leben einmal ein Fußballspieler gewesen war! Was dieses Kerlchen, kaum kräftig genug, einen Ball zwanzig Meter weit treten zu können, sich da einbildete! Zwar wollte ich daraufhin nicht auf den Putz hauen, sagte aber doch ganz lässig: „Ich war Mittelstürmer oder auch Rechtsaußen. Weißt du, was das ist?"

Er lachte: „Wenn du glaubst, mich austricksen zu können, bist du schiefgewickelt. Wenn du vor langer Zeit tatsächlich Mittelstürmer gewesen wärst, müsste dir der Name Stefano eigentlich etwas sagen."

Da kapierte ich. Richtig doch! Das kam mir sehr bekannt vor! „Hallo", sagte ich, „ich weiß, wen du meinst! Und du bist so gut, wie er gewesen ist? Er, der berühmte Alfredo Di Stéfano, der vor vielen Jahren so umjubelte Stürmer von Real Madrid?"

Da wurde der kleine Stefano ernst. Es dauerte lange, bis er endlich antwortete. „Hattest du nicht auch Träume, alter Mann?", fragte er schließlich.

Träume? Ja, er sollte träumen. So wie ich hier stand und träumend zurückblickte, hatte er das Recht von der Zukunft zu träumen. Vom Traum, ein großer Fußballspieler zu werden. Ich stand hier und war nur noch einer aus der Menge gewesen, einer von denen, die auf der Tribüne kämpfen, und er konnte noch davon träumen, einmal zu denen zu gehören, die auf dem Rasen kämpfen. Um Ruhm und Geld. Aber er dachte jetzt wohl mehr an Ruhm, als an Geld, der kleine Stefano, der werden wollte wie jener Alfredo Di Stéfano, der vor vielen Jahren die Massen begeistert hatte. Ich beneidete ihn, den kleinen Träumer. Und so war ich schnell wieder bei meinen alten Gedanken, bei meinem Vater und dem ersten Fußballspiel, das ich mit ihm zusammen erlebt hatte.

„Weißt du noch?", fragte ich wieder, und dieses Mal fragte ich bewusst laut, denn ich wollte dem Kleinen erzählen, wie es früher war, und wen ich das tatsächlich hatte fragen wollen.

Aber da war ich plötzlich wieder allein.

„He, Stefano! Wo steckst du?!", rief ich. Er war weg, einfach verschwunden. Da waren nur noch ein riesiges, leeres Stadion und ein Rasen, der in unwirkliches Licht getaucht war, darüber ein sternenklarer Himmel, einer Kuppel gleich, und ich stand herum und schaute nach unten.

Als kurz danach das Flutlicht ganz ausgeschaltet wurde, war alles wie ein Spuk vorüber.

„Alter Mann, geh nach Hause!", sagte ich laut zu mir, „was stehst du da herum?"

2. Alte Herren

Und ich ging heimwärts, ging ins Dunkel hinein zu meinem Auto und musste lächeln, denn ich glaubte plötzlich, meinen schon seit langem verstorbenen Vater zu hören: „Das war's für heute, Junge! He, Junge! He, träumst du wieder?!"

Träumte ich tatsächlich?

„Du, Papa", sagte ich schnell, „gehst du mit mir zurück?"

„Zurück? Wohin?"

„Zurück auf die Stadionstufen. Komm, geh' mit! Bitte!"

Und wir stiegen tatsächlich gemeinsam die äußeren Stufen hinauf, bis wir ganz oben standen. Im Stadion war es vollkommen dunkel, aber ein Teil des Rasens und ein Tor waren zu erkennen. Die Tribünen schlossen das Ganze etwas düster ab. Wir gingen hinab, bis wir uns auf halber Höhe der Stehtribüne befanden.

„Und nun?", fragte mein Vater.

„Ich weiß nicht recht", antwortete ich, „ich wollte halt mit dir zusammen wieder einmal hier stehen. Vielleicht ist es das."

Wir schauten stumm hinab zum Spielfeld. Die Dunkelheit und die Stille beflügelten meine Gedanken. Erinnerungen an gemeinsame Erlebnisse drangen in den Vordergrund. Gemeinsame Interessen. Vielleicht waren es nicht allzuviele gewesen, aber die Liebe zum Fußball sicherlich.

Dann sagte er unvermittelt: „Ja, ich weiß noch. Ich kann mich gut daran erinnern."

„An was, Papa?"

„Du wolltest doch wissen, ob ich mich noch daran erinnern kann."

„Ich?"

„,Weißt du noch?', so hast du doch gefragt."

Richtig. Ich hatte es gefragt als Stefano noch da war. „Und du weißt, woran ich dachte?"

„O ja. Es ist zwar schon viele Jahre her, und es war eigentlich nichts Besonderes. Ein Fußballspiel wie viele andere. Aber neu war, dass wir das erste Mal gemeinsam dort waren. Ich hatte dich zum ersten Mal mitgenommen."

Stimmt, es war im Grunde nichts Außergewöhnliches gewesen. Ein Vater mit seinem Sohn bei einem Fußballspiel. Ein kleiner Junge war ich gewesen. Spricht man da schon großspurig von einem Sohn?

„Man fragte mich damals: „Ist das ihr Kleiner?"

,Ihr Kleiner'. Ich musste lächeln.

„Es war recht kühl an diesem Tag", fuhr mein Vater fort, „du hattest eine Mütze auf dem Kopf und einen dicken Schal um den Hals."

„Sag bloß in Rot und Weiß."

„In Rot und Weiß. Genau! Du weißt, man muss als Zuschauer gut auf die richtigen Farben achten."

„Inzwischen weiß ich es."

„Du saßt auf einer Holzbank am Spielfeldrand. Sie spielten damals, kurz nach dem Krieg, noch nicht hier im Stadion, sondern auf einem Platz am Stadtrand. Die Zuschauer standen dicht gedrängt rund um den Platz, und du saßt hinter ihnen. Viel gesehen hast du sicher nicht."

„Anfangs habe ich gar nichts vom Spiel mitbekommen. Aber ich habe dich beobachtet. Ich hatte dich nie so ausgelassen gesehen. Was da passierte, schien dich mächtig zu interessieren. Schließlich ging ich dann doch zu dir. Ich zwängte mich zwischen dich und einen älteren Mann, der dir vor lauter Aufregung immer wieder einen Ellbogen in die Seite stieß."

Ich hielt inne und überlegte. Hatte es mir Freude gemacht damals? Nicht so sehr. Es ging für mich kleinen Kerl zu rau zu. Auf dem Platz wurde gerempelt, gestoßen, geschrien. Ich hatte sogar etwas Angst. Aber alles, so meinte ich, gehört halt dazu, denn mein Vater nahm es gelassen hin.

Mir fiel ein Spieler in Grün und Weiß auf, der schnellfüßig wieder und wieder mit dem Ball über den Platz rannte. Das aber schien den Gegnern zu missfallen. Schließlich trat ihm ein bulliger Spieler in Rot und Weiß, ja, in Rot und Weiß, in die rechte Wade. Er fiel stöhnend zu Boden, und ich schrie: „Das geht doch nicht! Das tut ihm doch weh!"

Schließlich wurde er behandelt und dann vom Platz getragen. Es war zwar ein Grün-Weißer, doch er wurde für alle Zeit mein Vorbild. Nie habe ich erfahren, wie er hieß, oder woher er kam. Aber ich habe ihn nie vergessen, ich wollte einer werden wie er, so schnell sein wie er.

Dann saß ich wieder mit meiner rotweißen Mütze und dem rotweißen Schal auf der Bank und hatte nachzudenken. Über Fußball, den grünweißen Spieler, die rotweiße Mannschaft, meinen Vater und mich.

Nun, ich wurde schließlich ein Rot-Weißer wie mein Vater, hatte ein grünweißes Vorbild, und außerdem seit jenem Tag einen Vater, mit dem mich die Liebe zum Fußball verband.

Und jetzt standen wir wieder beieinander, hier im Stadion, und wir dachten zurück. Es tat uns gut, so dazustehen.

Mit „he, Junge!", beendete mein Vater schließlich das lange Schweigen, „he, Stefano, träumst du wieder?"

„Stefano? Stefano, du, das war viel später, das war, als ich fast dreißig Jahre alt und sehr bekannt war", sagte ich daraufhin zu ihm.

„Nimm das nicht so genau mit dem Früher und Später, dem Heute und Morgen und Gestern, das lähmt die Fantasie", meinte er daraufhin sehr ernst.

Er hatte recht. Wir hatten beide gern geträumt, und was bedeutet beim Träumen schon heute und morgen und gestern.

Es war kühler und windiger geworden, und wir gingen einige Stufen weiter nach unten. Ich hatte noch etwas auf dem Herzen: „Erzähle mir von früher", bat ich.

„Von früher? Wir *waren* bei früher."

„Von noch früher, Papa."

„Soll ich dir mein ganzes Leben erzählen? Hast du denn bis morgen Mittag Zeit?"

„Wie nannten sie dich? Auch Stefano?"

Da lachte er und sagte: „Zu jener Zeit gab es diesen Alfredo Di Stéfano noch nicht."

„Erzähle mir einfach aus der Zeit, als *du* Fußball gespielt hast! Von damals!"

„Aber Junge, das habe ich dir doch hundertmal erzählt."

„Erzähle es noch einmal! – Du, Papa ...?"

Aber da stand mein Vater bereits wieder ganz oben. Oben, auf der höchsten Stufe. Ich konnte ihn kaum noch erkennen.

„Alter Mann", rief er, „alter Mann, das war es erst einmal!"

Und er lachte und lachte und winkte, und sein Lachen hallte durch das Stadion ... Dann sah ich ihn nicht mehr.

Mir war auf einmal kalt, und müde war ich. Langsam und grübelnd stieg ich Stufe um Stufe hinauf.

„Hast recht, das war es wohl für heute."

Hinter mir lag das Stadion im Dunkeln. Ich fühlte mich sehr einsam.

Doch dann war plötzlich das Flutlicht wieder da! Der Rasen war hellerleuchtet. Wieder dieses unwirkliche Licht, etwas kalt, fast gespenstisch! Die Ränge waren menschenleer. Mitten auf dem Platz stand ein junger Mann von etwa dreißig Jahren und winkte mir zu. Es war ein Fußballspieler, nur, er wirkte wie aus einer anderen Welt. Das Trikot war in Blau, und seine schwarze Sporthose reichte bis zu den Knien. Unter dem rechten Arm hielt er einen braunen Ball, wohl aus Leder, wie man ihn vor vielen Jahren benutzte. Er winkte wieder, und ich wollte nach unten gehen. Da gab er mir ein Zeichen zu bleiben, wo ich war.

Plötzlich hallte es aus allen Lautsprechern: „He, mein Junge, es geht los! Gut aufpassen! Vielleicht kannst du noch etwas lernen, Kleiner!"

Mein Vater?

„Hallo, Papa!", rief ich laut, aber er schien mich nicht zu hören. Er nahm den Ball und schoss ihn hoch in die Luft, rannte mit ihm, als er dann wieder auf den Rasen gefallen war, auf das Fußballtor vor mir zu, das Maschendraht statt Netze hatte, und schoss ihn hinein. Stolz ballte er die Fäuste und streckte sie triumphierend in die Luft.

Dann winkte er zum Seiteneingang hinüber, und es liefen die Spieler zweier Mannschaften auf den Platz. Die Blauen und Gelb-Weiße. Sie stellten sich in der Mitte des Platzes in zwei Reihen gegenüber auf und begrüßten sich. Dann trat mein Vater mit einem anderen Spieler etwas aus der Reihe. Der war fast einen Kopf größer, als er, und es winkten mir nun beide zu.

„Papa!", rief ich nochmals, und dann noch einmal, fast schon verzweifelt, aber keiner reagierte darauf.

Ein Schiedsrichter, ganz in Schwarz gekleidet, führte eine Trillerpfeife zum Mund, es war jedoch auch da kein Laut zu hören. Das Fußballspiel begann, und ich schaute fasziniert zu. Die Spieler wirkten etwas ungelenk, aber sie kämpften und kämpften, wie ich es nie gesehen hatte. Ich beobachte meinen Vater und bewunderte ihn. Er war der Mittelstürmer bei den Blauen, und der große Spieler versuchte immer wieder, ihm zum Torschuss zu helfen. Sie verstanden sich prächtig. So dauerte es auch keine fünf Minuten, bis sie das erste Tor erzielten. Mein Vater rannte jubelnd auf seinen Mitspieler zu, und sie umarmten sich, drehten sich dann zu mir und winkten abermals, strahlend vor Freude.

„Kennst du die beiden Spieler?"

‚Kennst du die beiden Spieler?' Ich sah zur Seite. Da stand plötzlich, wieder wie aus dem Nichts, der kleine Stefano.

„Was machst du hier so spät?", fragte ich ihn überrascht.

„Spät? Was ist spät? Spät am Tag? In Amerika ist jetzt Vormittag. Weshalb sollte es spät sein?" Und er wiederholte: „Kennst du die beiden? Kennst du wenigstens den Mittelstürmer?"

Nun wurde es Zeit, etwas für meinen Ruf zu tun: „Ich kenne den Mittelstürmer", sagte ich.

„Du kennst ihn?" Jetzt war er es, der staunte.

„Ja, ich kenne ihn. Dieser Spieler ist mein Vater. War mein Vater."

Der kleine Stefano sah mich an und lächelte: „Alter Mann, dieser Spieler kann nicht dein Vater sein!"

Aber es war die Wahrheit.

Dann erschrak ich und wohl auch der kleine Stefano neben mir, als alle Lautsprecher durch das Stadion dröhnten: „He, träumst du wieder, Junge?!"

Das Stadion war wieder leer, nur der Spieler, der mein Vater war, winkte noch einmal und ging langsam aus dem Stadion hinaus, ohne sich noch einmal umzusehen.

Das Flutlicht blieb.

Es dauerte eine Weile, dann sagte mein kleiner Freund zu mir: „Erzähle mir bitte von deinem Vater!"

Ich überlegte. Was sollte ich ihm erzählen? Schließlich begann ich doch: „Schon als junger Mann war er Fußballspieler gewesen, ja. Anfangs in einer unbekannten Mannschaft, auf einem sandigen Platz, in einem kleinen Dorf. Und das wohl mit Erfolg, denn eines Tages war nach einem Spiel ein gut gekleideter Herr aus Berlin zu ihm gekommen und hatte ihm angeboten, in einem dortigen Verein zu spielen. Er hatte dann unter der Bedingung zugesagt, dass sein Freund und Mitspieler, ebenfalls nach

Berlin kommen könne. Und so waren denn beide dorthin gewechselt. Und sie hatten auch dort großen Erfolg. Aber geprahlt hat er nie damit. Wir hatten immer viele Träume, er und ich, ich habe es dir erzählt. Und du siehst, auch aus einem Träumer kann ein berühmter Mann werden. - Vielleicht war ja auch ich einer."

Der kleine Stefano sah mich bedauernd und nachdenklich an, und dann sagte er etwas, das mein Herz ein wenig höherschlagen ließ: „Sei nicht traurig, wenn es nicht so war." Und er fügte hinzu: „Sicher möchte ich einmal werden, wie der große Alfredo Di Stéfano, aber viel, viel später auch ein alter Mann wie du, Opa."

Und dann hörte ich wieder die Stimme meines Vaters: „He, Stefano!", schallte es. Und weiter: „He, Stefano, kleiner Krokus, falle nicht über deine Füße, wenn du dich auf den Heimweg machst! Es ist finster!"

Kleiner Krokus? Kleiner Krokus? Ach, das war eine andere Geschichte. „Gut, dass du dich daran erinnerst!", rief ich zurück, „das war kein Ruhmesblatt für dich!"

Der kleine Stefano lächelte, und wir gingen ins Dunkel hinein, als hätten wir uns schon immer gekannt.

„Weshalb nennt dich dein Vater kleiner Krokus und Stefano?", fragte er dann.

„Krokus, das war eine besondere Sache zwischen meinem Vater und mir, und Stefano, weil mich damals viele Menschen so nannten".

„Man nannte dich *auch* Stefano? Du kannst mir viel erzählen!", meinte daraufhin der Kleine neben mir und lachte.

Er konnte es sich nicht vorstellen. Aber es war so gewesen.

3. Erinnerungen und Träume

Um den Ausgang zu erreichen, mussten wir, der kleine Stefano und ich, um das halbe Stadion gehen, und der Weg war in der Dunkelheit kaum zu erkennen. Zudem lagen da Pappbecher, Vereinszeitungen und Reste verbrannter Fahnen herum und machten das Vorankommen schwer. Als wir dann endlich hinter die Haupttribüne gelangten, war dort noch etwas Licht. Einige Lampen erleuchteten mühselig ein außerhalb des Stadions liegenden Fußballplatz, der fürs Training vorgesehen war. Der Rasen war vor den beiden Toren aufgewühlt, soweit er denn überhaupt noch vorhanden war. Es war der Platz, auf dem der Nachwuchs seine ersten Schritte machte. Auf jeden Fall war er in keinem guten Zustand.

„Stefano", sagte ich zu meinem Begleiter, „Stefano, wo trainierst *du*? Bei welchem Verein? Das hast du mir bis jetzt nicht gesagt. Ich hoffe, euer Platz ist besser, als dieser hier."

Er antwortete nicht sofort, sondern sah sich lange das Fußballfeld an und sagte dann ohne zu mir aufzublicken: „Weißt du, was mein Traum ist?"

„Erzähle!", forderte ich ihn auf.

„Ich möchte hier, auf diesem Platz trainieren dürfen."

„Auf diesem?" Ich war erstaunt. Weshalb träumte er davon, hier zu spielen?

„Ach, alter Mann", sagte er dann und sah mich an, „daheim nennen sie mich genau wie dich damals Stefano. Ja, so ist es. Sie nennen mich Stefano, weil ich da der Beste bin und viele Tore schieße, das kann ich so behaupten, ohne damit angeben zu wollen. Aber das ist daheim. Doch hier, hier auf diesem

Platz, trainieren die jüngsten Jugendmannschaften der Rot-Weißen. Die Rot-Weißen sind zwar zurzeit nicht an der Tabellenspitze, aber bald werden sie es wieder sein".

Das also war es!

Und er fuhr fort: „Hier möchte auch ich einmal trainieren dürfen. Irgendwann. Vielleicht werden sie mich dann nicht Stefano nennen, denn es ist viel, viel schwerer, hier der Beste zu sein. Dann werden sie mir zunächst einen ganz anderen Namen geben. Aber ich werde es schaffen, einer der Besten zu sein, und dann werden sie vielleicht doch wieder Stefano zu mir sagen. Das wäre das Schönste. Was meinst du, alter Mann?"

Aha, dieser kleine Stefano wollte ein ganz Großer werden! Er wollte berühmt werden, der kleine Stefano. Ja, er träumte.

Das lockte meine Gedanken wieder in die Vergangenheit. Es war wohl die schönste Zeit gewesen. Ja, Kleiner, es war die schönste Zeit damals, als alles noch Zukunft war. Für mich und alle die andern um mich herum. Träume du nur, kleiner Stefano, träume du von Jubel, der dich umtosen wird. Solange dauert es ja vielleicht gar nicht mehr bis dahin. Wenige Jahre nur? Dein Name wird vielleicht nicht Stefano sein, aber du wirst stolz auf den Namen sein, den sie dir geben werden.

„Du wirst es erreichen", sagte ich zu ihm, „das weiß ich."

Ich hörte ein leises ‚Danke'. Er blickte in Gedanken versunken über den Rasen, so, als sei es der prächtigste Rasen der Welt.

„Erzähle mir davon, wie du Mittelstürmer warst, Halbrechter oder Mittelläufer. Die gab es ja wohl damals noch", sagte er dann unvermittelt. Und er sagte es so, als sei er nun doch davon überzeugt, dass ich tatsächlich einmal Fußballspieler gewesen war. Trotz meiner Kleidung Schwarz in Schwarz, ohne Schal und ohne Mütze. Alle Bücher über Fußball hatte er wohl doch nicht gelesen, der kleine Kerl, aber wer könnte das auch. Und es war sicher auch gut so. Meine Haare waren in den Jahren grau geworden, das Gesicht schmaler, die Schritte langsamer. Ich hätte ihm tausend Dinge erzählen mögen. Aber sollte ich es denn wirklich tun? Hatte ich mir nicht fest vorgenommen, die Klappe zu halten? Aber da stand der kleine Stefano neben mir und wollte die Welt erobern, und ich sollte dastehen wie ein alter Trottel, der nichts von Flanken, Strafstößen, Siegen, Niederlagen, nichts von Jubel, Tränen, Tabellen, Aufstiegen und Abstiegen, nichts von dem vielen Geld, von Verletzungen, Enttäuschungen, Kameradschaft, Intrigen, Pfiffen, Stolz und

Demütigungen – der nichts vom großen Fußball wusste? Mensch, Stefano, du Knirps mit den kurzen Beinen, soll ich dir alles erzählen, alles, was da war, in den vielen, vielen Jahren? Es ist doch so schön, ein alter Mann zu sein, der in Ruhe und Frieden von seinen Erinnerungen zehren kann, und der am Ende davon überzeugt ist, das Richtige getan zu haben.

„Vielleicht werde ich ja einmal ein Rechtsaußen oder einer auf der rechten Außenbahn, wie das heute heißt", fuhr der Kleine fort.

Dann rannte er davon, quer über den Platz, bis hin zur Mitte. Dort blieb er stehen und rief: „Alter Mann, falls du noch so weit laufen kannst, komm her und erzähle mir das vom kleinen Krokus!"

„Und dazu soll ich bis zur Platzmitte kommen?"

„Wenn du noch kannst! Zeige mir, wie du als Stürmer über den Platz gerannt bist, Opa!"

Das saß. Damit hatte er erreicht, was er wollte. Ich rannte tatsächlich den Platz entlang und dann zur Mitte, und da Stefano inzwischen bis zum Ende weitergelaufen war, folgte ich ihm auch dorthin und war erstaunt, wie gut das noch ging. Wir lehnten uns beide schnaufend an einen Zaun, lachten und waren glücklich. Der alte Mann hatte es tatsächlich fertiggebracht, über den ganzen Platz zu rennen!

„Wir waren beide gut", meinte Stefano, und wir schauten über den im Halbdunkel liegenden Platz.

„So, und nun möchte ich endlich wissen, wie das war mit dem kleinen Krokus!"

Wir waren jetzt wie zwei alte Freunde.

Ich hatte keine Wahl mehr. Etwa zwei Minuten musste ich noch tief durchatmen, dann sagte ich zu ihm: „Gut, ich werde es dir erzählen, denn damit hat im Grunde alles angefangen, alles, was ich je mit Fußball zu tun hatte."

Seitwärts stand eine Bank, wir gingen hinüber und setzten uns. Ich musste die Augen schließen, um mich gut erinnern zu können.

Ja, mit den Krokussen hatte wahrhaftig alles begonnen. Und so erzählte ich dem kleinen Stefano von meinem Vater, von meiner Mutter, von mir und den Krokussen, wobei ich im Nachhinein immer wieder schmunzeln musste.

„Ich war damals so alt, wie du jetzt", sagte ich, „ich war etwas klein geraten und außerdem auch schmächtig. Wir wohnten in einem Dorf weit draußen. Es war die Zeit, da es noch keine Fernseher gab, und die Menschen öfter spazieren gingen als heute. Da mein Vater in einer entfernten Stadt arbeitete und daher an den Wochentagen recht spät heimkam, ergab sich das allerdings nur an den Sonntagnachmittagen. Wir nahmen immer den gleichen Weg. Er führte uns an einem Sportplatz vo-

rüber zu einem Wäldchen und dann wieder zurück.
Wenn nun auf dem Fußballplatz ein Spiel stattfand,
was normalerweise jeden zweiten Sonntag der Fall
war, hielt sich mein Vater dort gerne längere Zeit
auf, um zuzusehen. Er war dann kaum zu überre-
den, den Spaziergang fortzusetzen. Mich interessierte das Spiel nicht, meine Mutter eben sowenig.
Wenn ich dann ungeduldig wurde, denn ich wollte
weiter zum Wäldchen, flüsterte meine Mutter:
‚Junge, du weißt doch, Papa frischt Erinnerungen
auf.'

An einem sonnigen Tag, es war im Frühling, stand
mein Vater wieder am Zaun und versuchte verzweifelt, das Spiel zu verfolgen, denn es hielten sich
viele Zuschauer am Spielfeldrand auf. Meine Mutter stand etwa zwei Meter hinter ihm und wartete
geduldig. Ich aber sah mich in der näheren Umge-
bung um und entdeckte einige herrliche Krokusse.

Ich war begeistert und kniete mich, um den Duft der Blumen besser genießen zu können. Dann stand ich wieder auf, sah mich um und lief voller Begeisterung zu meinen Eltern zurück.

‚Magst du Krokusse?‘, fragte ich noch außer Atem meinen Vater, bekam aber keine Antwort und versuchte es daraufhin nochmals, und dann noch einmal. Schließlich meinte meine Mutter: ‚Lass den Papa, störe ihn jetzt besser nicht!‘

Ich war enttäuscht, hatte ich doch etwas Wunderbares entdeckt, und meinen Vater interessierte das nicht.

So hielt ich mich an meine Mutter: ‚Und du, Mama, magst du Krokusse? Sieh mal, da hinten blühen sie schon!‘

‚Das macht die warme Frühlingssonne. Ja, da geht einem schon das Herz auf‘, antwortete sie.

Ich war froh, eine mitfühlende Seele gefunden zu haben, und fuhr begeistert fort: ‚Und sieh dir den Rasen an, der ist auch schon so richtig saftig grün!‘

Mein Vater hatte wohl doch mit einem Ohr zugehört. Plötzlich drehte er sich um und fauchte mich an: ‚Der Rasen ist auch schon so richtig schön grün, wenn ich sowas höre! Ein Träumer bist du! Fußball solltest du auf dem Rasen spielen, wie die da drinnen und ihn nicht bewundern wie eine Kuh, du Krokus!‘

Das war hart, und meine Mutter versuchte zu vermitteln. Doch mein Vater wetterte weiter: ‚Ein Sohn, der nicht Fußball spielt! Das muss ausgerechnet mir passieren! Ich kann mich ja nirgends mehr sehen lassen! Eines jeden andern Bub spielt heutzutage Fußball!‘

So war es ja auch. Aber ich wollte nun einmal nicht. Es interessierte mich nicht. Ich nahm meinen ganzen Mut zusammen und sagte zu meinem Vater: ‚Ich nicht, Papa! Ich nicht! Da gehe ich doch lieber in den Wald, wo die Vögel jetzt ihre Nester bauen, und höre zu, wie sie zwitschern!'

Mein Vater verstand die Welt nicht mehr: ‚Kind, ich weiß nicht, was mit dir los ist. Wie konntest du nur so werden!? Dein Großvater hat Fußball gespielt, ich habe Fußball gespielt, und dein Urgroßvater hat wenigstens einmal zugesehen. Und du?! Du hörst dir das Gepiepse von Vögeln an!' Ja, so beklagte mein Vater sein schweres Los, das ihm einen so missratenen Sohn beschert hatte, und dann sah er wieder hinüber zum Fußballplatz. Als er sich dann schließlich wieder umdrehte, um die Wirkung seiner Worte auf seinen Sprössling zu beurteilen, war ich verschwunden.

‚Wo steckt er denn, Mama?', fragte er daraufhin meine Mutter.

‚Er ist ins Wäldchen gerannt', antwortete sie.

‚In der kurzen Zeit?' Er war sichtlich erstaunt, sah sich die Länge des Weges an, und noch einmal, und nickte dann anerkennend: ‚Toll! Er sollte einmal ein Außenstürmer werden.'

‚Magst du nun Krokusse oder nicht?', fragte ihn meine Mutter daraufhin. Er sah sie eine Weile an, aber eine Antwort kam nicht.

Von da an blieb es dabei: Mein Vater nahm sich viel Zeit am Sportplatz, und ich rannte inzwischen zum Wäldchen und zurück, und es ging schneller und schneller.

Das alles blieb bis zu jenem Tag, von dem ich dir erzählt habe, dem Tag, als mich mein Vater zu den Rot-Weißen mitnahm. Nach diesem Spiel, auf dem Weg nach Hause, legte mein Vater seinen Arm auf meine Schultern und sagte lächelnd zu mir: ‚Na, kleiner Krokus, nun haben wir doch zueinandergefunden. Ich mag Fußball und Blumen, und du magst Blumen und Fußball und kannst außerdem rennen wie ein Reh. Wir liegen da doch gar nicht so weit auseinander. Was meinst du?'

Ich wusste nicht recht, was ich antworten sollte, drum sagte ich lieber gar nichts. Wir sahen uns lachend an, und wir verstanden uns. Und es gefiel mir, dass er mich lange Zeit hindurch kleiner Krokus nannte."

Damit beendete ich diese Geschichte, die ich dem kleinen Stefano am späten Abend auf der Bank erzählte.

„Und, was sagst du dazu?", fragte ich.

Doch der antwortete nicht. Er war wieder einmal verschwunden. Wohin auch immer. Das war zwar etwas unheimlich, geheimnisvoll, aber ich nahm es einfach so hin und saß allein auf einer Bank vor einem Fußballplatz, der nicht der beste war, und zu dem nicht einmal mehr das trübe Licht einer letzten Lampe gelangte. Es war dunkel, wenn es dagegen in Amerika jetzt wohl hell war, worauf Stefano bestimmt hinweisen würde. Aber er war verschwunden, während ich vom kleinen Krokus erzählt hatte.

4. Fußball und Basketball

Etwas später fuhr ich in einem alten Mercedes in strömendem Regen auf der Bundesstraße Richtung Osten. Ich war müde, und mein Gesicht erhellte sich erst, als endlich die Türme der Klosterkirche sichtbar wurden.

An der Klosterpforte empfing mich Bruder Ernestus: „Endlich zurück, Pater Johannes?", fragte er mit verschmitztem Lächeln.

„Du siehst es", kam müde die Antwort.

„Und wie war es heute?"

Ich blieb stehen und sagte nachdenklich: „Etwas eigenartig war es. Etwas sehr eigenartig, Bruder Ernestus." Dann begab ich mich für eine halbe Stunde in die dunkle Kirche, denn ich hatte einige Gebete nachzuholen. Erst dann ging ich den langen

Gang hindurch zu meiner Zelle und lag bald darauf auf meinem Bett.

„Das war heute wohl das letzte Mal", sagte ich in Richtung eines Kreuzes an der Wand.

„Weshalb das?", hörte ich, „weshalb meinst du, dass es das letzte Mal gewesen ist?"

„Ich bin alt geworden."

„Alt? Du fühlst dich alt, nur weil jemand Opa zu dir gesagt hat?"

„Auch deshalb."

„Nun mach nicht schlapp, Johannes!", hörte ich weiter, „für so einen kleinen Jungen ist nun mal jeder über vierzig ein Opa. Du wirst noch gebraucht."

„Wozu?"

„Meinst du denn, man lässt dich ohne Grund reisen?"

. . . Ich sagte nichts mehr. Ich musste nachdenken, und es kamen Erinnerungen an meine Kindheit auf – an den Fußballplatz am Krokusweg, der schließlich doch die erste Station in meinem Fußballleben wurde.

Zum Fußballplatz am Krokusweg, der zum Wäldchen führt, gehörte ein etwas heruntergekommenes Gebäude, das hochtrabend Vereinshaus Ballspielclub 07 genannt wurde. Ich kann mich nicht erinnern, dass irgendetwas an diesem Bauwerk in gutem Zustand gewesen wäre. Und doch, wir Buben der Schülermannschaft fühlten uns dort wohl. Vielleicht lag es ja daran, dass es nicht möglich war, etwas daran zu verschlimmern. Man konnte sich also als Junge dort verhalten, wie man wollte, es gab keine Rüffel einzustecken. Vier Räume enthielt das Gemäuer: einen Vorraum, eine Umkleide-

kabine für Gastmannschaften, eine für die Heim-
mannschaft, jeweils für die Senioren selbstverständlich. Und dann war da noch ein letzter Raum, in
dem die Schülermannschaften untergebracht waren.
Die wackligen Bänke und die unverschließbaren
Spinde, sowie ein beschädigtes Waschbecken sind
mir noch gut in Erinnerung. Aber wir waren damit
zufrieden, und keiner von uns störte sich daran. Wir
konnten Fußball spielen und waren glücklich darüber. Der Platz selbst bestand mehr aus sandiger
Unterlage als aus Grünflächen, denn herunterge-
kommene Stellen wurden stets mit Sand trockenge-
legt und glattgewalzt. Die Tore überstanden tapfer
die Jahre. Netze schmückten sie nur, wenn die ‚Alten' ein Fußballspiel bestritten, bei uns musste es
ohne gehen.

In unserer Nachbarschaft wohnte Michel, ein Jahr älter als ich, und er war es, der mich als Erster zum Training mitnahm. Er imponierte mir, denn er war Tormann in einer Schülermannschaft des BSC 07, trug funkelnagelneue Fußballschuhe, ein buntes Torwarttrikot, eine rote Mütze und Knieschützer. So vergaß ich zunächst einmal jenen Spieler von den Grün-Weißen, den man zusammengetreten hatte und dem ich nacheifern wollte, und beschloss, Tormann zu werden wie Michel.

Nachdem das geklärt war, galt es für mich, Fußballschuhe zu besorgen, und da mein Vater keine Zeit dazu fand, übernahm meine Mutter diese Aufgabe. Es gab in der Nähe einen Schuhwarenladen, wo wir auch gut bekannt waren, und wir begaben uns nachmittags dorthin. Ich war sehr aufgeregt, denn es waren immerhin die ersten Fußballschuhe für mich. Michel hatte versprochen, mich als Tormann zu empfehlen, und zwar als Ersatz, falls er einmal ausfallen sollte. Also benötigte ich zunächst einmal Fußballschuhe, ohne die es ja nun keinesfalls geht. Mütze und Knieschützer sollten später folgen. Ein Trikot werde gestellt, hatte er mich wissen lassen.

Meine Mutter und ich betraten also den Laden, die Inhaberin begrüßte uns herzlich, und sie lenkte ihre Schritte sofort zu jenem Regal, in dem feste ‚hohe Schuhe' standen.

„Friederike", sagte sie zu meiner Mutter, „sie sollen sicher stabil sein wie immer."

Und sie war recht erstaunt, als meine Mutter meinte: „Nein, Ida, diesmal haben wir einen ganz anderen Wunsch."

Frau Ida blickte ungläubig und fragte: „Liegt etwas Besonderes vor?"

„Das nicht", antwortete meine Mutter, „heute brauchen wir diese ... wie heißen sie? Wir brauchen Sportschuhe."

„Turnschuhe? Unzerstörbar?"

Meine Mutter überlegte, dann meinte sie: „Nein, nicht Turnschuhe direkt, die mit den Dingern unten dran, damit die Buben nicht rutschen."

Diese Unkenntnis wurde mir zu bunt. „Ich möchte Fußballschuhe", sagte ich entschlossen.

Das verwunderte Frau Ida noch mehr: „Fußballschuhe? Ihr möchtet Fußballschuhe? Aber die sind doch nicht fürs Spielen auf der Straße geeignet! Die sind für Fußballspieler. Für den Sportplatz. Weißt du, Friederike, die haben Stollen aus Plastik unten, wie du schon erwähnt hast. Man kann die auch abschrauben und austauschen, aber das ist doch wahrhaftig nichts für die Straße. Das kommt auf Dauer zu teuer. Da sind die im Nu abgelaufen. Das ist wirklich nur etwas für richtige Fußballspieler."

„Ich bin ein richtiger Fußballspieler!", sagte ich empört und warf Frau Ida einen bösen Blick zu.

Meine Mutter versuchte auszugleichen: „Sagen wir mal, er möchte einer werden. Vielleicht darf er bald das erste Mal mitspielen", lenkte sie ein.

Da fragte die Verkäuferin: „Wie alt bist du denn?"

„Ich bin sieben", antwortete ich und streckte mich.

„Sieben also. Bist du da schon alt genug?"

„Ich bin acht!" Ich wiederholte das mit fester Stimme, und Frau Ida entschloss sich daraufhin, nicht mehr an meiner Tauglichkeit zu zweifeln.

Sie wandte sich an meine Mutter: „Welche Schuhgröße hat er denn, Friederike?"

Die war unsicher: „Ich muss überlegen - 34?"

Frau Ida betrachtete meine Füße. Die Schuhe hatte ich bereits ausgezogen und unter den Stuhl gestellt, auf den ich mich inzwischen gesetzt hatte.

„Lass mal", sagte sie dann, „ich hole zuerst mal die kleinsten Exemplare, die ich habe."

Und sie verschwand hinter einem Regal.

Das war für mich die Gelegenheit, meine Mutter auf etwas Wichtiges hinzuweisen: „Denke an die Bänder!", sagte ich.

„Welche Bänder?"

„Ich möchte Schuhe mit langen, gelben Schuhbändern haben!"

„Weshalb gelbe?"

„Michel hat auch gelbe."

Dann kam Frau Ida zurück: „So, das sind die Kleinsten. Größe 35." Sie warf noch einmal einen prüfenden Blick auf meine Füße: „Probieren wir es halt."

Ich nahm meinen ganzen Mut zusammen: „Das sind aber weiße Schuhbänder!", protestierte ich.

„Er möchte gelbe", erklärte meine Mutter.

„Ich werde nachsehen, aber versuche es schon mal mit diesen. Wegen der Größe."

Sie blieb freundlich und begab sich auf erneute Suche nach den gewünschten Fußballschuhen.

Das gab mir Zeit für weitere Kritik: „Die Stollen kann man nicht abschrauben, die sind fest dran!", brummelte ich.

„Nun stell dich aber nicht so an, Junge! Das ist doch wohl gleich!", flüsterte meine Mutter.

Ich gab nicht nach: „Das ist nicht gleich!"

Frau Ida kam etwas abgekämpft herangeeilt. Sie hatte wohl in der hintersten Ecke suchen müssen: „So, hier habe ich ein Paar mit gelben Schuhbändern, die sind aber eine Nummer größer. Passen die Schuhe, die du anhast?"

„Die passen."

„Dann werden die hier zu groß, sein. Aber wir können die Bänder austauschen."

„All die Schuhe haben feste Stollen! Die will ich nicht!"

Frau Ida war etwas erstaunt über meine festen Vorstellungen, von denen ich nicht abgehen wollte, lächelte aber weiterhin, machte sich auf den Weg hinter die Regale und redete vor sich hin: „Er möchte gelbe Schuhbänder und abschraubbare Stollen! Dann werde ich eben nach gelben Schuhbändern und abschraubbaren Stollen suchen!"

Meiner Mutter wurde das Ganze allmählich etwas peinlich, denn wir waren seit Jahren in diesem Laden Kunden, und es war wohl das erste Mal, dass es beim Schuhkauf Probleme gab. „Du blamierst uns! Nörgele nicht herum!", flüsterte sie.

„Ich nörgele nicht herum", widersprach ich, „hier sind tausend Schuhe, da werden doch wohl die richtigen für mich dabei sein!"

„Aber kleine Fußballschuhe sind nicht da!"

Dann kam Frau Ida mit neuen Schuhen herbei: „Sind die recht? Gelbe Bänder, auswechselbare Stollen."

Ich war begeistert. Da waren sie also endlich! „Ja, die sind toll, die nehme ich!", rief ich begeistert und sprang auf die Füße.

Frau Ida bremste meine Begeisterung: „Die haben aber einen Fehler, sie sind zwei Nummern zu groß."

Das störte mich nicht. „Ich will sie trotzdem! Sie gefallen mir!", sagte ich.

Da wurde es meiner Mutter doch zu viel. „Du bist völlig durchgedreht!", schimpfte sie, „die passen nicht! Nein, das kommt nicht in die Tüte! Nimm das erste Paar!"

Ich blieb dabei: „Ich will die und keine anderen!"

Frau Ida pflichtete meiner Mutter bei: „Junge, ich bin auch der Meinung, dass diese Schuhe zu groß sind. Damit kannst du doch keinen Ball richtig wegtreten."

„Dann ziehe ich eben zwei Paar Socken an! Außerdem bin ich Tormann, der muss nicht so oft schießen!"

Da war Frau Ida für einige Augenblicke sprachlos. Sie sah mich von oben bis unten an und meinte schließlich: „Du bist Tormann?! Friederike weißt du, wie hoch so ein Fußballtor ist?!"

Meine Mutter wusste es nicht.

„Der kleine Kerl benötigt einen Stuhl, um nach ganz oben zu kommen! Glaube mir, er erwischt keinen einzigen Ball!"

Ich war entrüstet. „Ich werde jeden Ball halten", sagte ich scharf, „denn Michel kriegt auch jeden Ball, und der ist mein Freund!"

Gegen diese Logik kam niemand an. Meine Mutter zahlte, und wir machten uns auf den Heimweg.

Ich hatte den ersten Erfolg in der Welt des Fußballs errungen, das zählte für mich.

Die zu großen Schuhe aber landeten später auf dem Dachboden, wo sie wohl noch heute herumliegen, denn als ich in dem Alter war, da ich sie hätte tragen können, hatte ich sie längst vergessen.

Das war vor langer Zeit. Und nun lag ich auf meinem Bett in einer Klosterzelle.

„Das ist lange her", sagte ich schließlich, ohne die Augen zu öffnen, „viele Jahre."

„Und, Fußballheld, bedauerst du irgendetwas von dem, was seitdem geschehen ist?"

„Wie könnte ich?", gab ich nach kurzem Überlegen zur Antwort, „es war alles gut so."

„Dann erhebe dich, Pater Johannes, es ist Zeit fürs Morgengebet!"

Ich stand auf und begab mich auf den Weg zur Kirche.

Nach dem Frühstück ließ mich Pater Reinhard rufen. Pater Reinhard war mein engster Wegbegleiter in den Jahren im Kloster. Einiges älter als ich, war er in seiner Jugend ein erfolgreicher Turner gewesen. So war es nicht verwunderlich, dass er bald den Auftrag erhalten hatte, sich mit Sport im Kloster zu befassen. Das war zu jener Zeit recht ungewöhnlich, und so blieb es lediglich dabei, dass in einem größeren Raum zweimal in der Woche eine Art Gymnastik für Mönche stattfand. Die jüngeren beteiligten sich mit Eifer, während es den älteren die Gelegenheit verschaffte, zweimal wöchentlich zu schmunzeln.

Das änderte sich jedoch, nachdem ich ins Kloster gekommen war, und mich Pater Reinhard, der meine Zeit als Fußballspieler sehr genau verfolgt hatte, unter seine Fittiche nahm. Was er dann von mir, dem ‚Fachmann', verlangte, gehörte zwar nicht unbedingt zu dem, was ich mir unter erbaulichem Klosterleben erträumt hatte, doch er hatte sich alles sehr genau überlegt, und bald zu aller Begeisterung auch erreicht. Dass unter meiner Leitung im Freien Fußball gespielt wurde nämlich. Und als ich ihm jetzt wieder gegenübersaß, bemerkte ich ein Glitzern in seinen Augen und ahnte, dass er einen neuen Coup plante. Er war inzwischen achtzig Jahre alt, aber den Klostersport hatte er weiter fest im Griff. Er sah mich eine Weile ruhig an, lächelte ein wenig und fragte dann: „Johannes, kennst du Basketball? Ich meine, ob du die Regeln kennst, und kannst du auch spielen?"

Basketball, das also war es. Korbball hatten wir früher gesagt. Aber hatten wir es nach irgendwelchen Regeln gespielt? Spaß jedoch hatte es immer gemacht. Es war wohl in der Schule gewesen. Und das nun hier im Kloster? Nach Gymnastik war es Fußball gewesen, und nun Basketball? So jung war ich tatsächlich nicht mehr, um nun auch noch ein vorbildlicher Basketballspieler zu werden. Pater Reinhard bemerkte wohl, dass sich meine Begeisterung in Grenzen hielt, eine Antwort in den nächsten Sekunden nicht zu erwarten war, und fuhr daher schnell in seinen Ausführungen fort. Wohl, um bei mir doch noch Begeisterung zu wecken.

„Pater Johannes", sagte er und erhob sich von seinem Stuhl, „es ist geplant, das Klostergebäude, um einen weiteren Flügel zu erweitern. Und da dem

Neubau unser Rasenplatz weichen muss, ist im Neubau eine Halle vorgesehen, die groß genug ist, um darin vernünftig Basketball spielen zu können. Wir werden es doch zweifellos schaffen, beim Basketball, wie seither beim Fußball, eine gute Mannschaft zu formen - du und ich. Was meinst du?"

Kein Fußball mehr? Aber Basketball? Ich sah mich in Gedanken mit einem Ball zum Netz hopsen und lächelte dabei ein klein wenig. Das war ein Fehler, denn Pater Reinhard sah das offenbar als Zustimmung an und fragte schnell: „Bis wann bist du über alles informiert?"

Er hatte mich überrumpelt. Aber davongekommen wäre ich so oder so nicht. Ich überlegte kurz und antwortete: „In drei bis vier Monaten".

Er war zufrieden.

Nun galt es also für mich, die Regeln des Basketballspiels bis auf den letzten Punkt zu beherrschen. Aber das würde bestimmt der leichtere Teil der Aktion sein. Schwerer würde es bestimmt werden, alle Kniffe und Fouls des praktischen Spiels zu lernen. Das war nur am lebenden Beispiel möglich. Also hieß es wohl wieder einmal ‚hinaus in die Ferne', und man würde sich vielerorts wieder wundern, einen Mönch mit Kutte auf der Zuschauertribüne zu entdecken.

Doch der Anbau des Klosters würde sicher mehrere Monate bis zur Fertigstellung benötigen, und das beruhigte mich ein wenig. Die Regeln würde auch Pater Reinhard inzwischen bestens beherrschen und mir jeden Fehler unter die Nase halten, in aller Güte selbstverständlich, das war mir klar. Aber das Praktische musste ich dann wohl den Mitbrüdern alleine beibringen, und das trotz meiner alten Knochen.

5. Nachts im Kloster

Am gleichen Abend blieb ich etwas länger in der Klosterkirche. Bruder Alfons hatte die großen Lampen ausgeschaltet, aber eine Kerze brennen lassen. Es war noch genügend Licht vorhanden, um zum Gebet bleiben zu können. Ich saß auf einer der harten Bänke, auf denen schon in vielen hundert Jahren meine Vorgänger Platz genommen hatten. Es war ein erhabenes Gefühl, daran zu denken, wie viele Männer in diesen Jahren hier gebetet haben mochten. Aber sicher hatte von all diesen Patres und Brüdern keiner das gleiche Problem zu lösen wie ich jetzt, wie man innerhalb von vier Monaten Basketballfachmann werden könnte nämlich.

Die Kerze flackerte, und ich saß und saß, blickte ins dunkle Kirchenschiff, zum Kreuz, das über dem Altar schwebte, oder auch zu den Statuen einiger

Heiligen, die im Finstern kaum zu erkennen waren. Aber auch die konnten mir nicht helfen. Was hatten die Heiligen mit Basketball zu tun.

Plötzlich spürte ich, dass jemand neben mir saß. Ein Heiliger vielleicht, der mir helfen wollte? Langsam wagte ich es, mich ein wenig zur Seite zu wenden. Die Erscheinung war eine kleine Gestalt. „Na, alter Mann?", sagte sie.

Stefano! Stefano am späten Abend hier in der Kirche?! Er lächelte und war offensichtlich froh, mich zu sehen.

„Stefano wie kommst du hierher?!", flüstere ich erstaunt, vorwurfsvoll und hocherfreut.

„Weshalb sollte ich nicht hier sein?", meinte er vergnügt, „hast du es ganz vergessen?"

„Was soll ich vergessen haben?"

„Das mit dem Früh und Spät, dem Heute und Morgen und Gestern. ,Es lähmt die Fantasie', sagte dein Vater."

„Und in Amerika ist jetzt Vormittag", fügte ich hinzu.

„Und in Amerika gibt es gute Basketballspieler", ergänzte der kleine Stefano.

„Ich kann doch nicht nach Amerika fliegen, nur um Basketball spielen zu lernen! Soweit reichen unsere Finanzen nicht. Mönche gehören ins Kloster, und wenn ich gelegentlich unterwegs bin, so ist das eine Ausnahme."

„Du bist also ein Mönch, alter Mann, das habe ich inzwischen kapiert. Es war nicht so einfach, dich aufzuspüren. Und was machst du hier?"

„Beten und arbeiten."

Stefano sah mich mit hintergründigem Schmunzeln an. Der kleine Kerl saß auf der wuchtigen Bank, und seine Beine baumelten hin und her. „Beten und arbeiten? Kein Erfolg als Mittelstürmer gehabt und ab ins Kloster! Oder wie bist du hierher geraten?", hörte ich.

Ich hätte empört sein müssen, ob so viel Frechheit, aber ich war es nicht. Er munterte mich auf, deshalb wohl.

„Weshalb ich hier bin, erzähle ich dir ein anderes Mal", sagte ich ganz ruhig, „es ist bestimmt nicht das letzte Mal, dass du mir auf die Nerven gehst."

Er schmunzelte weiter: „Ich gehe dir auf die Nerven? Du freust dich, dass ich da bin. Sei ehrlich!"

Der Kleine hatte recht, aber ich wollte es ihm nicht sagen.

Und er fuhr fort: „Es ist ein bisschen unheimlich hier in der dunklen Kirche. Hast du keine Angst vor den dusteren Gestalten, die hier überall stehen?"

„Weshalb sollte ich mich vor Heiligenfiguren ängstigen?"

„Wer weiß, was hier sonst noch alles ist, man sieht ja kaum etwas. Du bist nur mutig, weil du annimmst, dass man einem Opa nichts tut."

„Wir hatten ‚alter Mann' ausgemacht." Darauf bestand ich.

„Und Stefano!"

„Genau!"

Der Kleine sah mich an: „Du sitzt hier schon eine ganze Weile, vermisst dich niemand?"

„Hm, nach dem gemeinsamen Gebet kann jeder noch für sich alleine beten, das ist normal."

„Betest du auch für mich?"

„Ja, ich habe oft für dich gebetet."

Er sah mir fest in die Augen und fragte: „Weshalb hast du für mich gebetet?"

„Ja, weshalb? Ich mache mir Gedanken um dich. Verstehst du das nicht? Du tauchst plötzlich auf und verschwindest dann genauso wieder. Das beunruhigt mich, ich begreife es nicht. Wer bist du wirklich?"

„Es tut mir gut, bei dir zu sein. Irgendetwas treibt mich zu dir. Hast du auch schon früher für mich gebetet?"

„Wie hätte ich das tun können? Ich kenne dich erst seit kurzer Zeit. Weshalb kamst du damals im Stadion zu mir?"

„Frage mich nicht. Ich weiß es nicht, aber bete weiter für mich. Ja? Ich glaube, ich brauche deine Hilfe, alter Mann."

Da ging etwas vor, was ich nicht begriff, aber ich spürte, dass er tatsächlich meine Hilfe brauchte. Irgendetwas musste mit dem kleinen Stefano geschehen sein.

Es entstand eine lange Pause, in der keiner von uns beiden ein Wort sprach. Erst nach einigen Minuten sagte der kleine Stefano in die Stille hinein: „Du hast sehr nachdenklich ausgesehen, als ich eben gekommen bin. Nur wegen des Basketballs?"

„Es ist schön, dass wir hier bald Basketball spielen können, aber ich weiß nicht, ob ich bis dahin alles in den Griff bekomme."

„Wenn Pater Reinhard sagt, dass du es schaffst, dann schaffst du es auch! Er kennt dich sehr gut, nicht wahr?"

„Er kennt mich wie kein anderer, das stimmt."

„Vielleicht hat er einen besonderen Grund, dass er dich beauftragt hat, diese Aufgabe zu übernehmen."

„Ja, das hat er. Wahrscheinlich nimmt er an, ich sei müde geworden oder mutlos oder auch enttäuscht."

„Und weshalb?" Ich spürte das Mitgefühl des kleinen Stefano.

„Wir hatten hier seit einiger Zeit richtig Fußball spielen können …", begann ich zu erzählen.

„Hier im Kloster?", unterbrach mich Stefano erstaunt. Er war tatsächlich überrascht. Fußball im Kloster. Er musste ja überrascht sein.

Ich stieß ihm leicht in die Seite: „Das haut dich um, du Möchtegernstar, was?"

„Und du hast hier trotz deines Alters wieder Mittelstürmer gespielt. Stimmt's?"

„Es stimmt. Ein wenig."

Er wurde neugierig. „Komm, erzähle weiter!", bat er.

„Nicht heute. Heute heißt es an Basketball denken."

Stefano sah sich um: „Gibt es hier in der Kirche Körbe?"

„Hier gibt es keine Körbe, nur die zum Kollekte einzusammeln, aber die sind wohl nicht groß genug."

Wir schauten uns an und lachten kaum hörbar, und dann sagte der kleine Stefano: „Du schaffst es, alter Mann. Du hast gelernt, Fußball zu spielen, du wirst auch Basketball lernen und es den anderen Mönchen zeigen, dass die Heide wackelt!"

„Dass die Heide wackelt? Wo hast du den Ausdruck her, Kleiner?"

„Das weiß ich nicht mehr", antwortete er, „aber ich meine, es passt. Und wenn es ein blöder Ausdruck sein sollte, kann ich ihn nur bei dir gehört haben."

Ich zog kurz an seinen Haaren, er reagierte kaum. Dann waren wir beide wieder etwa eine Minute lang ganz still. Ich sah mich noch einmal um. Die Dunkelheit war tatsächlich recht unheimlich. Nur die Kerze gab etwas Licht, sie flackerte, und auch der rote Schein des ‚Ewigen Lichts' flackerte. Vielleicht war eine Tür oder ein Fenster nicht geschlossen.

Ich bemerkte, dass der kleine Stefano etwas überlegte. Plötzlich sagte er: „Erzähle mir, wie du gelernt hast, Fußball zu spielen, vielleicht kann ich noch etwas lernen, Pater Johannes!", und er schmunzelte wieder.

Es war das erste Mal, dass er mich Pater Johannes nannte. Es gefiel mir, und ich war ein wenig stolz, was ich natürlich gleich vergaß.

Dann fragte ich: „Wollen wir hinausgehen, damit ich dir bis morgen Mittag alle meine Fußballtricks zeigen kann?"

„Damit du ausrutschst und dir deine schöne Kutte schmutzig machst? Nein, ich möchte jetzt nicht mit dir trainieren, ich möchte hören, wie gut du warst bei deinen ersten Fußballspielen. Warst du am Anfang wirklich Tormann?"

„Ja, ich war Tormann."

Er sah mich erwartungsvoll an. Ich erinnerte mich gut und erzählte wie es war, damals.

„Mein Freund Michel hatte mir im Tor so sehr imponiert, dass ich einfach nichts anderes werden wollte als Tormann. Und er wollte mich dabei unterstützen. Wir gingen Tag um Tag zum Sportplatz und übten heimlich. Er schoss aus allen Richtungen auf das Tor, und ich versuchte die Bälle zu erwischen, was mir nach und nach gelegentlich auch gelang. Er hatte mir sogar ein Paar ausgediente Knieschützer geschenkt, die zwar kaum noch zusammenhielten, aber es waren eben Knieschützer. Die mussten halt sein, sonst hätte ich mich nicht ernst genommen als Tormann. Wir übten mehrere Wochen lang, und an einem Montagnachmittag sagte Michel dann zu mir, dass ich an diesem Tag mit ihm zum Vereinstraining kommen könne. Er habe mit dem Trainer gesprochen und ihm erzählt, dass er einen Jungen kenne, der Tormann werden wolle, und man ja wohl einen Ersatzmann brauche, falls er einmal krank sein sollte.

Mit klopfendem Herzen begleitete ich ihn also zum Training beim Ballspielclub 07. Die anderen Spieler, alle fast einen Kopf größer als ich, waren schon da und warteten auf Michel, weil sie ihm ein paar Bälle ins Tor schießen wollten.

Der Trainer, er hieß Kreisel, begrüßte Michel und fragte ihn, wann denn der Neue käme, der Neue, der ebenfalls Tormann werden wolle. Und da zeigte Michel auf mich. Ich war einige Meter abseits stehengeblieben.

Herr Kreisel sah ungläubig zu mir herüber und fragte erstaunt: ‚Das ist er?'

Er begutachtete mich, und das dauerte und dauerte.

‚Das ist tatsächlich dein Freund, der Tormann werden will?', fragte er noch einmal.

Aber Michel ließ sich nicht einschüchtern und sagte: ‚Er wird schon. Ich habe lange mit ihm trainiert. Er wird ein guter Tormann werden.'

Ich bemerkte, dass seine Worte nicht so recht überzeugen konnten. Trotzdem, Herr Kreisel stimmte zu, und ich durfte das erste Mal am Training teilnehmen.

Nach dem Training blieben Michel und ich noch eine Weile, denn Herr Kreisel wollte einige Male aufs Tor schießen, wenn ich drinstand. Er hatte vorsichtshalber den anderen nicht erzählt, dass ich Torwart werden wolle. Bald bemerkte ich den Unterschied zwischen dem, was Michel mit mir unternommen hatte und den Bällen, die Herr Kreisel auf mein Tor schoss. Offensichtlich hatte es mir Michel immer zu leicht gemacht. Herr Kreisel aber sah das anders, er schoss die Bälle zunächst direkt neben die Pfosten und dann genau unter die Latte, und ich wurde bald an Frau Idas Worte erinnert, die da geunkt hatte: ‚Der Junge benötigt ja einen Stuhl, um an den Querbalken zu kommen'.

Als diese Sonderprüfung beendet war, nahm der Trainer den Ball in die Hände, sah zunächst mich an, dann den Michel und meinte nach einigem Überlegen: ‚Na ja, er wächst ja wohl noch.'

Das klang gut. Auf jeden Fall durfte ich wiederkommen, sollte mir aber ein Paar Fußballschuhe besorgen, die mir auch passten und ein Foto für den Spielerpass, denn ohne einen Spielerpass könnte ich auf keinen Fall an einem Fußballspiel teilnehmen.

Michel und ich machten uns freudestrahlend auf den Heimweg. Zu Hause angekommen meinte mein Freund aufmunternd: ‚Du schaffst das schon! Iss ordentlich viel, damit du größer und kräftiger wirst. Musst dir viel Nussschokolade besorgen. Das hilft.'

Das war ein Vorschlag, der mir natürlich sehr gefiel, und so kam es, dass meine Mutter meinen großen Hunger ungläubig bestaunte. Ich verschlang Schokolade, wo immer ich sie erreichen konnte, besonders die mit Nüssen. Zudem besorgte ich mir zwei große Steine und vollführte Tag für Tag in meinem Zimmer Stemmübungen. Die Steine versteckte ich im Schrank, denn irgendwie kam ich mir dabei doch blöd vor. Aber größer und stärker wollte ich halt bald werden.

Ein paar Tage nach dem ersten Training machte sich mein Vater mit mir auf den Weg, andere Fußballschuhe zu kaufen, und Frau Ida war erstaunt, dass ich mich plötzlich doch ohne jede Widerrede für die kleineren Schuhe entschied, obwohl sie keine auswechselbaren Stollen hatten. Und sie tauschte mir die Bänder aus, sodass ich halt doch gelbe hatte.

Anschließend begaben wir uns zu einem Fotografen, denn ich benötigte ja einen Pass. Als wir dann auf dem Nachhauseweg waren, gab mir mein Vater einen kleinen Klaps an den Hinterkopf. Er sagte nichts, aber offensichtlich war er glücklich, dass ich nun endlich ein vollwertiger Fußballer war, mit passenden Schuhen und bald auch mit einem Pass.

Zu Hause lief ich tagelang mit den neuen Schuhen durch die Wohnung, bis es meiner Mutter zu bunt wurde, und ich mich in mein Zimmer zurückziehen musste. Das Ganze hatte dann seinen Höhepunkt, als ich nach zwei Wochen erfuhr, dass mein Pass eingetroffen war. Ich marschierte durch mein Zimmer und sagte dauernd: „Hier ist mein Pass, Herr Schiedsrichter! Hier ist mein Pass, Herr Schiedsrichter!" Das hielt jedoch nicht lange an, denn nachdem ich ihn mit zitternder Hand unterschrieben hatte, landete er in den Fängen des BSC 07. Ich bekam ihn nur manchmal vor den Fußballspielen zu sehen und hatte nie die Gelegenheit, sagen zu können: ‚Hier ist mein Pass, Herr Schiedsrichter!'

Später, viel später, ja, da war es ganz anders, da schauten die Schiedsrichter auf, wenn sie mich sahen. Aber das war, wie gesagt, viele Jahre danach. Zunächst verlief mein Fußballerleben doch recht eintönig. Ich durfte zwar einmal in der Woche trainieren, aber nicht mitspielen. Es gab zu dieser Zeit auch noch keine Möglichkeit, einen Spieler auszuwechseln. So stand ich denn fast jeden Samstag am Spielfeldrand und sah zu, wie die anderen ihre Freude hatten. Dabei hielt ich mich gern in der Nähe von Herrn Kreisel auf, in der Hoffnung, dass er doch einmal denken sollte: ‚Es läuft nicht, es läuft nicht, das nächste Mal muss der Kleine ran'. Inzwischen wurde es Oktober, die Schülermannschaft des BSC 07 erkämpfte Sieg um Sieg, und ich hatte schon die Hoffnung aufgegeben, jemals ein berühmter Fußballspieler zu werden, als Michel krank wurde. Es war eine heftige Grippe, er lag fröstelnd im Bett. Als er dann einsah, dass nichts zu retten war, schickte er seine Mutter zu uns. Ich solle dem Trainer Bescheid sagen, und bei der Gelegenheit auf keinen Fall meine Knieschützer vergessen. Außerdem gönne er mir von Herzen, dass er krank sei. So sind eben echte Freunde. Meine Fußballschuhe hatte ich ja immer in meiner Sporttasche, und als ich das von den Knieschützern hörte, klopfte mein Herz wie wild, legte die Knieschützer und die Tormannmütze hinzu und dachte: ‚Endlich, endlich besteht eine Chance, im Tor zu spielen!‘.

Zehn Minuten später stand ich schnaufend vor Herrn Kreisel: ‚Herr Trainer‘, sagte ich, ‚der Michel kann nicht, er liegt krank im Bett.‘

Die Mannschaft stand schon bereit, um auf den Platz zu laufen, und nun fehlte der Tormann.

‚Was ist?!‘, fragte der Schiedsrichter bereits ungeduldig, ‚seid ihr nun elf oder nicht?!‘

Alle standen um Herrn Kreisel herum, der schaute noch einmal zu mir, überlegte kurz und sagte dann: ‚Ja, wir sind elf.‘

Mein Herz schlug voller Stolz. Ich gehörte nun also tatsächlich richtig dazu!

Dann sah er nochmals zu mir herab und fragte: ‚Du wolltest doch schon immer Tormann sein, oder?‘

‚Ja‘, sagte ich daraufhin, ‚ja, ich bin einer.‘

‚Und du hast mit Michel zusätzlich geübt?‘

‚Hundert Mal!‘, antwortete ich voller Erwartung.

‚Dann schnell in die Kabine und umziehen! Ich hole den Pass!‘

Er wollte meinen Spielerpass holen! Zum ersten Mal!

Mit zitternden Knien verschwand ich in der Kabine, zog Schuhe, Mütze, Knieschützer und das Trikot an. Es hatte noch keine Nummer, wie man das heute hat, aber es war ein Torwarttrikot, unverwechselbar. Und dann war da noch eine besondere Hose für mich, eine etwas dickere, als die für die anderen Spieler. Die reichte mir an die Knie, und ich musste aufpassen, dass sie mir nicht runterrutschte. Herrlich!

Als ich zum Platz gerannt kam, stand Herr Kreisel beim Schiedsrichter und sagte: ‚Da ist sein Pass, Herr Schiedsrichter!'

Na also.

Ich stellte mich an den Schluss der Reihe, die meine Kameraden gebildet hatten, und wir trabten neben unseren Gegnern zur Platzmitte. Von dort aus warf ich einen Blick zu den Toren. Sie erschienen mir plötzlich riesengroß".

Hier beendete ich meine Geschichte. Stefano blickte mich erstaunt und fragend an.

„Hier möchte ich gerne aufhören", sagte ich.

„Aufhören? Weshalb möchtest du aufhören, gerade jetzt, da es spannend ist?"

Ich sah ihn lächelnd an: „Kannst du es dir nicht denken?"

Er überlegte kurz, dann kicherte er ein wenig und meinte: „Sie haben dir den Kasten vollgehauen! Stimmt's?"

„Es stimmt."

„Wie viele waren es?"

„4 : 0 stand es zur Halbzeit für die anderen."

„Vier Tore hattest du zugelassen? In einer Halbzeit? Das gab Ärger!"

Stefano war sich nicht klar, ob er mich auslachen oder bedauern sollte. Ich sah es ihm an.

„Die Mannschaft hatte bis dahin nur zwei Spiele verloren", fügte ich hinzu.

Stefano entschloss sich, mich zu bedauern: „Du warst erst so alt wie ich jetzt."

„Genauso alt wie du jetzt, ja."

„Ich hätte sicher noch mehr Bälle durchgelassen als du", sagte er. „Was ist dann passiert?"

„Wir hatten einen Mittelläufer, der war größer als alle anderen. Er hieß Engelbrecht, aber wir nannten ihn Mount Everest, oder auch nur Everest, den schickte Herr Kreisel ins Tor.

Und zu mir sagte er: „Bleibe du den Rest des Spiels ganz vorne, da kannst du nichts falsch machen!"

„Da warst du natürlich sehr traurig und hast dich geschämt, alter Mann. War es so?"

„So war es. Aber nicht lange."

„Nicht lange?"

„Nein, denn wir haben dieses Spiel noch mit 5 : 4 Toren gewonnen, und ich hatte davon zwei Tore geschossen."

Der Kleine, der da neben mir saß, sah mich erstaunt an: „Du hast in deinem ersten Fußballspiel zwei Tore geschossen?"

„Ja, so war es. - Und seit diesem Tag nannten sie mich ‚Stefano' …"

Ich erzählte nicht weiter. Der kleine Stefano neben mir auf der hohen Kirchenbank, schlenkerte weiter mit den Beinen und schwieg ebenfalls. Er blickte zu Boden und überlegte wieder. Dann lächelte er schließlich und sah mich an: „Zwei Tore waren es", sagte er dann, „zwei Tore beim ersten Spiel!" Dann atmete er einmal tief durch und sprang von der Bank. „Ich gehe", fuhr er dann fort. Rufe mich halt wieder, wenn du mich brauchst."

„Rufen? Als wenn ich dich je gerufen hätte!", erwiderte ich.

Mein kleiner Freund ging langsam ins Dunkel des Kirchenschiffs hinein. „Wir sehen und wieder!", rief er. Seine Stimme klang wie ein Echo hallend durch die Kirche, und er verschwand nach und nach, wie eine Erscheinung.

Ich hörte ängstlich ins Dunkel hinein, denn ich fürchtete, das ganze Kloster sei durch die laute Stimme aufgeschreckt worden. Aber es rührte sich nichts. Die Kerze war erloschen. Ich fühlte mich einsam, und ich fror auch ein wenig. Ich sah nur noch das Rot des ‚Ewigen Lichts' vorn am Altar, und mir war, als gäbe es nur noch mich und dieses Licht.

6. Geheimnisvolle Ereignisse

Es war auch am Abend noch recht schwül, als ich zwei Tage später mit dem Auto unterwegs nach Wetzlar war. ‚Wenn es um Basketball geht, fahre nach Wetzlar', hatte man mir geraten. Ich fuhr auf der Bundesstraße und recht langsam, mein Christophorus vorn an der Scheibe schaukelte leicht hin und her. Wenn ich das Tempo nicht bald erhöhte, würde ich nicht mehr vor der Nacht an meinem Ziel sein, das war klar. Man erwartete mich, und ich würde nicht rechtzeitig da sein. Wenn ich in mich hineinblickte, war mir auch klar, weshalb ich so zögerlich dahintuckerte. Ich wollte gar nicht pünktlich in Wetzlar sein, alles in mir sträubte sich gegen Basketball. Ich hatte nichts gegen das Spiel selbst, aber mein Leben lang hatte mein Herz für Fußball geschlagen, und nun sollte ich dem abtrünnig werden, nur weil im Kloster eine Halle entstand, und deshalb der Fußballplatz verschwinden musste? Gab es denn keinen anderen Platz in der Nähe? Selbst im Vatikan spielte man inzwischen Fußball. Aber auch Basketball? Ich tuckerte weiter. Schließlich fuhr ich auf eins der vielen Dörfchen zu, hielt am Ortseingang an, wo ich ein großes Steinkreuz entdeckte, das mit einigen Blumen geschmückt war, und stieg aus. Da neben dem Kreuz eine Bank stand, setzte ich mich zunächst einmal und schaute in die einsetzende Dunkelheit hinein. Aber Erholung war es nicht, denn auch jetzt noch war die Schwüle des Tages lästig zu spüren. Schließlich schaute ich hinter mich. Neben dem Kreuz bog ein Weg ein und führte offenbar zu einer langgestreckten Hecke, hinter der ein Mast mit einem Licht etwas erleuchtete. Ich stand auf und näherte mich der Hecke. Es mussten etwa 100 Meter bis dorthin sein.

Das Licht ging an und aus, offenbar hatte die Lampe einen Defekt. Als ich in der Nähe der Hecke war, stand ich plötzlich vor einer Treppe, die hinab zu einem großen freien Gelände führte. Ich ging einige Stufen hinunter und erkannte schließlich, dass es hier einen Sportplatz gab, rundum umgeben von einem Hang mit Gebüsch und Hecken. Um den Platz waren im Halbdunkel ein Geländer und einige alte Bänke zu erkennen. Auch eine Hütte war zu sehen, eine Umkleidekabine wohl. Alles wirkte unheimlich in düsterem Abendlicht. Über dem Platz bewegte sich etwas, es schien mir, als sei da jemand am Rasenmähen, aber es war nichts zu hören. Oder zog da jemand mit dem Kalkstreuer die Linien auf dem Fußballplatz? Die Person war zeitweise zu erkennen, war dann aber wieder verschwunden, um dann plötzlich irgendwo anders auf dem Platz unterwegs zu sein. Es wirkte unwirklich, geisterhaft.

Ich setzte mich auf eine der Bänke und wartete ab. Nach vielen Minuten kam aus dem Dunkel eine humpelnde Gestalt langsam auf mich zu, ein alter Mann. Er sah mich eine Weile nachdenklich an, setzte sich dann zu mir und sagte: „Schön, dass du kommst. Es ist lange her."

‚Es ist lange her'? Ich musterte ihn aufmerksam und versuchte, mich zu erinnern. Er hatte eine verwaschene Sporthose an, alte Fußballschuhe und ein Trikot. Grün-Weiß. Ein grün-weißes Trikot?

Er bemerkte mein Grübeln und lächelte: „Du erkennst mich nicht wieder?", fragte er. „Ich habe dich sofort erkannt. Ich erinnere mich gut."

Als ich ihn weiterhin grübelnd ansah, fragte dieser alte Mann, älter als ich: „Tust du mir einen Gefallen?"

„Gern, wenn ich ihn dir erfüllen kann."

„Es wird dir nicht schwerfallen. Stelle dich hier an das Geländer und ruf laut: „Das geht doch nicht! Das tut ihm doch weh!"

Ich sah ihn überrascht und ungläubig an und lachte dann. Nun war mir alles klar. Das war er tatsächlich, der Fußballspieler im grün-weißen Trikot, mein Vorbild aus der Kindheit! Er, dem ich damals nacheifern wollte! Er hatte mich erkannt, obwohl ich damals ein Kind war. „Wie hast du mich erkennen können. Ich war ein kleiner Kerl damals?"

„Frage nicht. Nimm es einfach so hin! Wundere dich über nichts!"

Ich wunderte mich auch nicht. Ich hatte zu viel Eigenartiges erlebt in der letzten Zeit. Wir umarmten uns plötzlich wie alte Freunde, und Tränen kamen uns in die Augen.

„Du bist alt geworden. Was machst du denn hier?", fragte ich schließlich.

„Ja, was mache ich hier? Nachdem mir damals das linke Fußgelenk zertrümmert worden war, konnte ich nie wieder Fußball spielen. Aber der Fußball hat mich nie losgelassen. Ich habe mich anders nützlich gemacht, als Zeugwart, als Platzwart und so. Ja, und heute habe ich auf dich gewartet."

„Du hast auf mich gewartet? Wie konntest du wissen, dass ich hier vorbeikomme?"

„Überlege nicht lange", unterbrach er mich mit ernstem Gesicht, „überlege nicht lange, was das hier zu bedeuten hat, ich bitte dich nur aus tiefstem Herzen, kümmere dich um den kleinen Jungen, der sich Stefano nennt. Er braucht dich dringend."

„Ich verstehe nicht. Du kennst Stefano? Was ist los mit ihm? Ich soll helfen? Und wo ist er? Wo finde ich ihn?"

„Hast du denn nicht bemerkt, wie sehr er deine Hilfe benötigt, als ihr euch traft?"

Ich verstand nicht. Der kleine Stefano hatte mich gesucht, und er hier wusste es. Wie konnte das sein? „Er war nicht verzweifelt, nur mitunter etwas nachdenklich", sagte ich daraufhin aufgeregt. „Was ist los mit ihm? Wer ist er überhaupt? Er kommt und verschwindet wie ein Geist."

„Geh zu ihm! Du musst schnell zu ihm gehen!"

„Aber wo denn?! Ich weiß nichts von ihm!"

Der alte Mann ging langsam auf den Sportplatz zurück und drehte sich dann noch einmal um: „Es ist ein so netter Kerl, der Kleine, beeile dich! Ich kenne ihn seit seiner Geburt."

Dann sah ich ihn nicht mehr. Er verschwand wie im Nebel, und ich stand da und wusste nicht, was ich unternehmen sollte. Der kleine Stefano also brauchte mich. Dringend. Und weshalb? Ich stand neben einem Sportplatz, wusste kaum, in welcher Gegend ich mich aufhielt, und sollte den Kleinen suchen.

War er krank? War er sonst wie in Gefahr? Ich rannte zum Auto, setzte mich schnaufend auf den Fahrersitz und überlegte. Wo könnte er sein? Welche Anhaltspunkte hatte ich? Zuletzt hatten wir uns im Kloster gesehen, aber dass er sich nun dort wieder aufhielt, war unwahrscheinlich. Im Stadion, dort wo wir uns das erste Mal getroffen und lange miteinander gesprochen hatten? Aber es schien dort doch nicht so, als sei er in Gefahr. Wer ist er? Er war gekommen und verschwunden wie auch mein alter Freund hier auf dem Sportplatz. Ich musste zum Stadion, das war der einzige Anhaltspunkt! Ich startete und fuhr einfach los. Unterwegs hatte ich genügend Zeit, um nachzudenken, um zu überlegen, wo ich ihn finden könnte. Weshalb war mir sein Kommen und Gehen wie selbstverständlich erschienen? War es die jeweilige unwirkliche Stimmung gewesen, im Stadion und in der Nacht im Kloster? Ich war hellwach, und es war Wirklichkeit. Irgendwo wartete da ein kleiner Junge auf mich, damit ich ihm in seiner Not helfen sollte. Weshalb ausgerechnet ich? Wo hält sich jemand auf, der in Not ist. Im Krankenhaus? Nicht weit vom Stadion befindet sich eine Klinik. Das könnte es sein. Der kleine Di Stéfano könnte sich im Krankenhaus befinden. Ich fuhr schneller. Viel zu schnell. Ich wollte rasch dort sein, um helfen zu können, solange noch Zeit war. „Pater Johannes, rase nicht wie ein Verrückter", flüsterte ich.

Als ich mich dem Stadion näherte, lag ein schweres Gewitter über der Stadt. Die grellen Blitze ließen mich Hochhäuser und eine Kirche erkennen, und die dröhnenden Donner wirkten selbst im Auto bedrohlich. Dieses Gewitter war auch nach der tiefen Schwüle dieses Tages zu erwarten gewesen. Aber ich fuhr weiter. Die Straße führte schließlich durch einen Wald, in dem sich die alten Bäume am Straßenrand bedrohlich bogen. Blätter und kleine Äste wurden über den Asphalt getrieben. Dann tauchten die Umrisse des Stadions vor mir auf. Ich überlegte nicht lange und stieg aus, wollte auf jeden Fall zunächst nachsehen, ob sich der kleine Stefano dort aufhielt. Ich hastete am Zaun entlang, und der Regen peitschte mir ins Gesicht. Aber es war nichts zu erkennen, ich sah auch keine Möglichkeit, über diesen hohen Zaun ins Innere zu gelangen. Verzweifelt versuchte ich im Licht der Blitze, etwas Entscheidendes zu sehen.

„Stefano! He, Stefano, wo steckst du!?", schrie ich.

Es war vergebens. Weshalb auch sollte sich der kleine Kerl bei diesem Unwetter hier herumtreiben? Dann glaubte ich, im Schein eines Blitzes eine Gestalt zu erkennen, aber es war die Gestalt eines Erwachsenen. Ich wartete den nächsten Blitz ab. Und tatsächlich, da befand sich auf einem freien Platz ein Mann, der mir wild zuwinkte. Er winkte so, als wolle er mich wegtreiben, und er rief auch etwas. Mein Freund von eben? Dieser ehemalige Fußballspieler, der mich gebeten hatte, nach Stefano zu sehen? Wenn er es tatsächlich war, dann wollte er mir dringend etwas andeuten, und es musste mit unserem gemeinsamen kleinen Freund zu tun haben. Wollte er, dass ich weiterfuhr? Zum Krankenhaus? Das war es wohl. Völlig durchnässt rannte ich zu meinem Auto, schüttelte mich wie ein nasser Hund und stieg ein, fuhr weiter in die Stadt hinein. Ich fuhr zu schnell, und als ich das erste Straßenschild entdeckte, das auf die Klinik hinwies noch schneller. Hinter mir tauchte ein Polizeiauto auf. Vor Aufregung verfehlte ich eine scharfe Kurve, schrammte an einer Mauer entlang und sprang schließlich aus dem Wagen. Die Polizisten waren

schnell bei mir. „Ich muss dringend in die Klinik!",
schrie ich.

Der Jüngere von beiden schrie zurück: „Davon bin
ich überzeugt! Sie fahren wie ein Irrer durch den
Regen!"

„Es geht um einen kleinen Jungen!"
Die beiden Polizisten sahen mich unschlüssig an,
als ich dastand in meiner nassen Mönchskutte.
Wahrscheinlich war es diese Kutte, die den älteren
Polizisten bewog, mich zu schnappen und ins Polizeiauto zu drängen. Der andere ließ den Motor an,
startete das Blaulicht und sie eilten fast so schnell
wie ich vorher Richtung Krankenhaus.

Der ältere fragte mich: „Es geht um einen Jungen?
Was hat er?"

„Ich weiß es nicht", antwortete ich schnaufend.

„Und um wen handelt es sich?"

Ich stutzte ein wenig bei dieser Frage. Ja, wer war er? Schließlich sagte ich: „Auch das weiß ich nicht. Er nannte sich Stefano, Di Stéfano."

Im nächsten Augenblick glaubte ich, dass nun auch das Polizeiauto an der nächsten Mauer landen würde. Es geschah nicht, aber beide glaubten mit Sicherheit, einem Irren auf den Leim gegangen zu sein. Der Alfredo Di Stéfano??! Schließlich stoppten wir scharf am Eingang zur Klinik.

Ich sah, dass die beiden Polizisten mitleidig lächelten, als sie mich eintreten sahen. Ich verstand sie - ging hastig zum Empfang und überlegte, was ich sagen sollte. Wo Di Stéfano untergebracht sei? Ich kannte seinen richtigen Namen nicht, wusste nicht einmal, ob er denn tatsächlich hier war und wenn ja, weshalb. Auch was ich von ihm wollte, hätte ich nicht sagen können. Aber das erledigte sich plötzlich von selbst. Die Frau am Empfang sah mich erleichtert und freundlich an. „Fahren Sie bitte mit dem Aufzug dort in den zweiten Stock", sagte sie. Kannte sie mich? Erwartete man mich? Ich fuhr mit dem Aufzug nach oben, stieg aus und blickte auf einen riesiglangen Gang. Niemand war zu sehen, der mir hätte weiterhelfen können. Ich ging langsam weiter und kam zu einer Tür, neben der sich eine große Scheibe befand, durch die ich in einen Raum sehen konnte.

Und nun sah ich ihn! In einem Krankenbett! Angeschlossen an viele Kabel! Dort also lag der kleine Di Stéfano! Blass, mit geschlossenen Augen! Ich erkannte ihn, obwohl sein Kopf fast vollständig eingewickelt war. Ich sah mich hilflos um. Da kam eine Schwester auf mich zu. „Da sind Sie ja", sagte sie.

Sie hatte auf mich gewartet? Auf mich? Wieso auf mich? „Woher kennen Sie mich?", fragte ich verwirrt.

Sie sah mich ernst an und meinte: „Ich kenne Sie nicht persönlich, und doch denke ich, dass Sie es sind, von dem der Kleine gesprochen hat."

„Er hat von mir gesprochen? Wie lange ist er hier im Krankenhaus? Ich habe mich noch vor zwei Tagen mit ihm unterhalten."

Die Schwester schüttelte den Kopf: „Das kann nicht sein! Er liegt seit sechzehn Tagen in diesem Bett, Pater!"

Ich musste meine Gedanken sortieren. Der kleine Di Stéfano lag seit sechzehnzehn Tagen hier im Krankenhaus, und ich hatte ihn während dieser Zeit mehrmals gesehen, hatte mich mit ihm unterhalten. Im Stadion, im Kloster. Hatte ich geträumt? Fantasiert? Gewiss, unsere Treffen waren seltsam gewesen. Er war plötzlich dagewesen und wieder verschwunden. Aber nun lag er hier, ich sah ihn leibhaftig vor mir liegen.

Ich musste leichenblass geworden sein.

Die Schwester nahm mich am Arm und führte mich in einen Besprechungsraum. „Setzen Sie sich bitte erst einmal", flüsterte sie. Dann nahm sie das Telefon und bat einen Arzt herzukommen. Er kam schnell, nahm meine Hände und drückte sie. „Wir sind glücklich, dass Sie gekommen sind", sagte er erleichtert.

Ich verstand nicht. Ich trank einen großen Schluck Wasser aus einem Glas, das mir die Schwester hingestellt hatte, und stotterte dann: „Ich verstehe das alles nicht. Einerseits sagt man mir, dass der Junge seit sechzehn Tagen hier in der Klinik ist, andererseits bin ich mir sicher, ihn mehrmals in dieser Zeit gesehen, und mit ihm gesprochen zu haben. Wie passt das zusammen? Vorher habe ich den Jungen niemals getroffen. Wir haben uns vorher niemals gesehen."

Der Arzt schüttelte den Kopf. „Ich kann Ihnen nur das berichten, was hier geschehen ist: Der kleine Clemens kam am …"

„Er heißt Clemens?", unterbrach ich erstaunt.

„Ja, er heißt Clemens", fuhr der Arzt fort, und er wurde hier am vorletzten Samstag mit Kopfverletzungen eingeliefert. Er war an diesem Tag mit einer Gruppe Jugendlicher im hiesigen Stadion eingetroffen. Nach dem Spiel gab es eine schlimme Schlägerei zwischen den Fangruppen, bei der es mehrere Verletzte auf beiden Seiten gab. Der Junge wurde dann, wie gesagt, mit schweren Kopfverletzungen hergebracht. Er war kaum bei Bewusstsein, blutete stark, hatte höllische Schmerzen und rief ununterbrochen: „Pater! Bitte, Pater, helfen Sie mir! Kommen Sie! Helfen Sie mir doch!" Wir konnten wenig damit anfangen, mussten ihn zunächst einmal im OP versorgen. Es war eine komplizierte Operation, und wir mussten ihn dann in Tiefschlaf versetzen, um ihn retten zu können."

„Aber Doktor, weshalb sind Sie sich so sicher, dass er mich gemeint hat, als er ‚Pater, helfen Sie mir!' gerufen hat? Es gibt doch viele Patres."

„Natürlich wussten wir nicht, welcher Pater gemeint war. Bis heute wussten wir es nicht. Wir haben seine Eltern und Freunde gefragt, aber niemandem war ein Pater bekannt, der dem Jungen nahestand. Erst vor einer Stunde meldete sich ein blasser älterer Herr und sagte leise: ‚Der Pater Johannes kommt, er wird gleich da sein. Ich habe ihn geschickt.'

Schwester Agnes fragte ihn, wer er sei. Der Mann aber meinte nur: ‚Fragen Sie nicht. Sie werden sehen. Er hat eine schwarze Kutte an. Er wird kommen. Glauben Sie mir.' Und so plötzlich, wie er aufgetaucht war, verschwand der Mann wieder. Die Schwester fand alles recht eigenartig, unterrichtete mich sofort, und ich gab am Empfang Bescheid, Sie umgehend hierher zu schicken, wenn Sie auftauchen sollten."

Ich stand auf, ging zum Fenster, schaute in die Nacht hinaus und versuchte, meine Gedanken zu ordnen. Der kleine Clemens hatte also hier ohne Bewusstsein im Bett gelegen, während ich mit ihm auf den Stufen des Stadions geredet hatte. Auch als er im Kloster aufgetaucht war, musste er gleichzeitig hier gewesen sein. Sicher, sein Kommen und Gehen war eigenartig gewesen. Alles hatte sich gleichsam wie im Traum abgespielt. Er hatte mich gesucht, um mit mir zu sprechen, so schien es mir jetzt. Wollte er damals schon Hilfe? Aber er war doch stets heiter gewesen. Nachdenklich ja, aber doch nicht bedrückt. Und weshalb hatte er sich ausgerechnet mich ausgesucht? Wir hatten uns doch vorher niemals gesehen. Oder doch? Ich ihn nicht, aber er vielleicht mich?

Ich wurde in meinem Überlegen durch den Arzt unterbrochen. „Pater", fragte er mich, „ich weiß, es ist eine dumme Frage, und ich kann mir auch nicht vorstellen, dass Sie mir die mit Ja beantworten werden, aber könnte es sein, dass Sie an jenem Sonnabend, als der Junge zusammengeschlagen wurde, ebenfalls im Stadion gewesen sind?"

Das war gar keine dumme Frage. „Ich bin immer einmal im Stadion", antwortete ich. An welchem Tag war das?"

„Am Samstag vor zwei Wochen."

Kurzes Überlegen, und ich erinnerte mich. Tatsächlich, ich war an diesem Tag im Stadion gewesen!

Und da war auch diese Schlägerei! Ich hatte versucht, den Streit zu schlichten. Aber es gelang mir nicht! Es gab viele Verletzte auf beiden Seiten, und ich hatte mich nur um einige kümmern können!

„Ja, ich war dabei. Es war schlimm", sagte ich leise. Und nach einer kurzen Pause: „Aber den kleinen Stefano, nein, ihn habe ich nicht gesehen."

„Stefano?", hörte ich fragen. „Wer ist Stefano?"

Stefano, der kleine Di Stéfano, wie sollte ich das erklären, solange sich niemand vorstellen konnte, dass ich ihn, während er hier lag, weit weg von hier getroffen hatte?

„Clemens ist Stefano", war meine kurze Antwort.

Der Arzt bat mich, ihm in sein Sprechzimmer zu folgen. Er ließ sich bedrückt in einem braunen Ledersessel nieder und bat auch mich, Platz zu nehmen. Lange sagte er kein Wort, blätterte in einer Krankenakte und sah mich mehrmals an. Dann endlich setzte er sich aufrecht und sagte: „Pater Johannes, erzählen Sie mir bitte von Ihrem Zusammensein mit dem kleinen Clemens. Wann war das? Über was haben sie gesprochen?"

Ich lehnte mich zurück und begann zu erzählen. Zunächst von jenem Zusammentreffen am späten Abend hier im Stadion. Ich hielt meinen Bericht kurz, denn als mir diese eigenartigen Ereignisse, die unser Treffen begleitet hatten, wieder in Erinnerung kamen, wagte ich nicht, sie ausführlich zu schildern. Würde man mir glauben? Hatte ich das alles tatsächlich erlebt? Wer sollte mir abnehmen, dass ich mit einem Jungen gesprochen hatte, der hier seit Tagen im Koma lag? Aber ich erzählte weiter. Ich erzählte von unseren Gesprächen, die in erster Linie mit dem Fußball zu tun hatten. Von seinen und meinen Erinnerungen. Dann von unserer Unterhaltung am späten Abend in der Klosterkirche. Ich hatte ihn Stefano genannt und er mich alter Mann.

Ja, und nun saß ich hier im Sprechzimmer des Arztes.

Der überlegte eine Weile und meinte dann: „Pater Johannes, ich hätte für all das eine Erklärung, wenn es der Junge erzählt hätte. Es kommt ja vor, dass Patienten in tiefem Koma, solche Dinge erleben, und später davon erzählen. Dass sie sich von ihrem Lager entfernt und dabei Wundersames erlebt haben. Aber nun erzählt nicht er, sondern Sie erzählen diese Geschichten. Das ist ungewöhnlich. Sie behaupteten, den Kleinen nie vorher getroffen zu haben. Haben Sie nicht doch an diesem Abend im Stadion mit ihm gesprochen, haben ihn vielleicht aus der Schlägerei gerettet?"

Aber ich war mir sicher. Ich hatte ihn nicht gesehen, hatte nicht mit ihm gesprochen. Erst später, als ich wieder im Stadion war, und er mich angesprochen hatte, als er mich schelmisch Opa nannte. Damals, als wir uns lange unterhielten, und dabei aus ihm der kleine Stefano und aus mir der alte Mann wurde.

Eine Stunde später stand ich am Ausgang des Krankenhauses. Es war mitten in der Nacht. Ich hatte dem kleinen Stefano mit dem Daumen ein Kreuz auf die Stirn geschrieben und für ihn gebetet. Mehr hatte ich im Augenblick nicht tun können. Es regnete weiterhin, und es war stürmisch. Da erst kam mir in Erinnerung, dass mein Auto weit weg irgendwo an einer Mauer stand, an jener Mauer, an der ich entlanggeschrammt war, und von wo aus mich die Polizisten hierhergefahren hatten. Was tun? Ich war auf dem Weg nach Wetzlar gewesen. Das konnte ich nun vergessen. Ich hatte den Termin dort verpatzt und war offensichtlich auch nicht ärgerlich darüber. Basketball. Zunächst also konnte ich mich davor drücken, Basketball im Kloster einzuführen. Für einen Tag allerdings nur, denn einen Auftrag dazu hatte ich ja nun mal.

Zunächst musste ich mein Auto wiederfinden, und wenn ich es dann gefunden hätte, wäre nicht einmal klar, ob es noch fahrtüchtig war. Vor dem Krankenhaus standen zwei Taxen. Ich rannte hinüber und stieg schnell ein, um nicht wieder völlig durchnässt zu werden.

„Wohin soll es gehen?", fragte mich der Taxifahrer.

Ja, wohin? Zunächst einmal war ich froh, im Trockenen zu sitzen.

„Ich muss zu meinem Auto. Das habe ich an einer Mauer entlanggeschrammt", sagte ich schließlich, „es war auf dem Weg zwischen dem Stadion und der Klinik hier."

Der Taxifahrer fuhr los, ohne eine weitere Frage zu stellen. Endlich fragte ich neugierig: „Sie wissen, wo mein Wagen steht?"

„Aber klar", kam zurück, „ist so ein alter Mercedes. Stimmt's?"

Ich war überrascht: „Stimmt! Woher wissen Sie das?"

Er schmunzelte nur. Und tatsächlich, nach kurzer Zeit hielt er neben meinem Auto.

„Die Fahrt ist bereits bezahlt", sagte er.

Schon bezahlt? Ich staunte. Nun gut. Ich stieg aus, ging zum Auto, ließ mich auf den Fahrersitz fallen, musste erst einmal durchschnaufen. Über den Krankenhausbesuch wollte ich noch einmal nachdenken. Der Regen prasselte auf das Autodach. Das tat mir gut. Schließlich wurde ich müde und kämpfte mit dem Schlaf, hatte aber plötzlich das Gefühl, dass noch jemand im Auto sei. Ich drehte mich um, und der Schreck fuhr mir durch alle Glieder. Hinter mir saß der kleine Stefano, aber nicht, wie ich ihn seither erlebt hatte! Er sah erbärmlich aus! Das Gesicht war verkrampft und oberhalb der Stirn war eine große blutende Wunde. Auch auf dem Kopf war Blut. Er sah mich verzweifelt an und sagte flehentlich: „Bitte, Pater, bitte helfen sie mir! Helfen sie mir!"

In wenigen Sekunden hatte ich das Auto gestartet – tatsächlich, es ließ sich starten! – und fuhr, so schnell es eben ging, in Richtung Krankenhaus. Was war dort los?! Es musste etwas Außergewöhnliches passiert sein! Unterwegs sah ich nach hinten. – Stefano war nicht mehr da! – Ich hatte nichts anderes erwartet.

Am Krankenhauseingang sprang ich aus dem Auto und eilte die Treppe hinauf. Man ließ mich tatsächlich ohne große Umstände zu Stefano, der Clemens hieß. Zwei Krankenschwestern und sein Vater waren vor der großen Scheibe versammelt. Innen standen ein Arzt und eine Schwester an Stefanos Bett. Alle waren so angespannt, als warteten sie auf etwas, was gleich geschehen müsse. Auf was wartete man hier?! Alles war still. Ich wagte nicht zu fragen. Wir standen lange und schauten durch die Scheibe auf Stefano. Und tatsächlich, plötzlich bemerkte ich, dass er sich bewegte. Der kleine Stefano bewegte sich! Aber er schien gleichzeitig sehr unruhig zu sein. Der Arzt winkte mir einzutreten. Die Tür wurde geöffnet, und ich ging langsam Schritt für Schritt ins Zimmer. Als ich schließlich am Bett stand, flüsterte mir der Arzt leise etwas zu. Ich verstand es zunächst nicht und sah ihn fragend an. „Er wird wach", sagte er dann erregt, „aber er ist sehr unruhig. Er versucht immer wieder, etwas zu sagen. Er scheint nach einem Pater rufen zu wollen. Deshalb habe ich Sie hereingerufen."

Und tatsächlich, es wiederholte sich. Ich beobachtete ihn voller Sorge, und plötzlich war es mir, als hörte ich diese Stimme, die eben noch flehend zu mir gesagt hatte: ‚Pater, bitte, helfen Sie mir! Bitte, helfen Sie …!'

Wir standen Minute um Minute und warteten. Die Krankenschwester strich ihm über die Stirn und versuchte ihn zu beruhigen, denn inzwischen war Schweiß auf seine Stirn getreten. Ich setzte mich neben ihn auf einen Stuhl. Plötzlich war es wie ein Aufbäumen. Er bewegte den Kopf hin und her – und öffnete die Augen – sah mich überrascht an und flüsterte: „Endlich, Pater! Endlich, Pater." Es folgte ein leichtes Lächeln und dann: „Nun wird alles gut." Noch ein zufriedener Blick, und er fiel in einen ruhigen, heilenden Schlaf.

7. Zurück im Spiel

Etwa zwei Jahre später trafen wir uns, Stefano und ich, das erste Mal wieder im Stadion. Wir hatten uns mehrmals gesehen in all den Monaten seiner Genesung, aber nun endlich war er bereit, dorthin zurückzukehren. Es war nicht einfach für ihn, ich sah es ihm an, aber er hatte nun wieder den Mut, hierher zu gehen, und ich sollte ihm helfen, all die bedrückenden Erinnerungen zu verarbeiten.

Wir befanden uns zunächst oben auf der Stehtribüne. Das Stadion war leer, und die Sonne schien angenehm warm. Stefano schaute ernst zu mir herauf. An was mochte er jetzt denken? Es war so Vieles geschehen, so viel Seltsames, so viel Unerklärliches.

Vier Monate hatte der Krankenhausaufenthalt gedauert, und noch einmal viele Monate hatte es gebraucht, bis er wieder vollständig hergestellt war.

Und nun standen wir also wieder in diesem Stadion.

Schließlich blickte Stefano nach unten zum Rasen und sagte, ohne mich anzusehen: „Hallo, Opa!"

Und ich antworte: „Hallo, Bübchen! Aber nenne mich nicht Opa, nenne mich alter Mann! Ich bin nun mal kein Opa!"

Und er: „Nenne mich nicht Bübchen, nenne mich einfach Stefano!"

Dann sahen wir uns an und begannen zu lachen. Wir lachten in Erinnerung an jenen Tag, an dem wir diese Worte schon einmal gesagt hatten. Dann ließen wir einige Minuten lang unsere Blicke über das weite Rund des Stadions schweifen. In mir kamen viele Erinnerungen auf, Erinnerungen an Erlebnisse, die in meinem Leben mit Fußball zu tun hatten.

Wie der kleine Stefano hatte ich davon geträumt, hier in diesem Stadion Fußball spielen zu dürfen, hatte schließlich auf jenem Platz vor dem Stadion trainiert, war dann tatsächlich ein erfolgreicher Spieler geworden. Aber der Ruhm hatte mich nicht wirklich glücklich gemacht, und so war ich dann in ein Kloster eingetreten.

Und nun stand Stefano neben mir, der wie ich damals, von großem Fußball geträumt hatte. Ob er es auch heute noch tat? Nach all dem, was geschehen war?

Wir gingen zusammen die Stufen nach außen hinab, hin zu jener Stelle, wo das geschehen war, was uns zusammengeführt hatte.

Wir waren beide bei jenem Fußballspiel gewesen. Ich allein, Stefano mit einer Gruppe Jugendlicher. Nach dem Spiel hatte es eine Schlägerei zwischen den Fangruppen gegeben. Ich war hingelaufen, um zu schlichten, denn es ging sehr brutal zu. Einige konnte ich auseinanderbringen oder schützen. Jedoch nicht alle! Wie ich später von Stefano erfahren habe, war er mittendrin gewesen. Er war am Kopf getroffen worden und blutete stark. Aber ich hatte ihn zwischen all den jungen Menschen nicht gesehen. Er jedoch hatte mich gesehen und unter höllischen Schmerzen mehrmals taumelnd gerufen: „Pater! Bitte, Pater, helfen Sie mir! Helfen Sie mir doch!" Dann war er bewusstlos geworden und wurde später ins Krankenhaus gebracht.

Irgendwann danach begann diese eigenartige Geschichte. Im Koma hatte er unbewusst weiter meine Hilfe gesucht! Und so kam es zu jenem Treffen im Stadion. Er konnte sich später an all unsere Gespräche erinnern.

Und nun waren wir wieder in diesem Stadion, an jenem Ort, wo man ihn niedergeschlagen hatte. Wir blieben nicht lange. Nur wenige Minuten standen wir stumm nebeneinander. Stefano wollten nicht bleiben und sagte: „Lass uns zum Trainingsplatz hinübergehen".

Und wir gingen in Gedanken versunken hinüber und setzten uns auf jene Bank, auf der wir schon einmal gesessen hatten. Wir saßen lange dort, und es fiel zunächst kein Wort. Dann fragte ich: „Stefano, was sind deine Pläne? Möchtest nach all dem weiterhin Fußballspieler werden?"

Stefano sah sich ernst um. Zunächst über den Platz, dann hinüber zum Stadionbau. Danach meinte er: „Ich habe so lange davon geträumt, auf diesem Platz trainieren zu dürfen und dann einmal im Stadion ein Star zu sein, ich werde mich nicht davon abbringen lassen. Vielleicht werde ich nie ein Star werden, aber versuchen werde ich es."

Dann sah er mich lachend an und meinte: „Wenn ich es nicht schaffe, gehe ich ins Kloster, so wie du."

Ich stieß ihm mit der Faust in die Seite und rief: „He, Kleiner, ich bin nicht ins Kloster gegangen, weil ich als Fußballspieler nichts erreicht hatte! Ich bin dorthin, nachdem ich ein gefeierter Fußballspieler geworden war! Das wollen wir mal klarstellen!"
Stefano schmunzelte und meinte: „Das kann jeder behaupten, alter Mann. Darf ein Mönch lügen? Ein toller Mittelstürmer geht einfach so in ein Kloster?"
„Ach, Junge", antwortete ich, „das wirst du vielleicht einmal verstehen, wenn du viele Jahre dem Ball nachgejagt bist, Tore geschossen hast und berühmt geworden bist. Es gibt ein Leben danach, und das ist bei Weitem wichtiger, als die Fußballzeit."
„Du meinst also, ich soll es lieber gleich lassen?"

„Das meine ich nicht. Träume, trainiere und versuche, ein toller Fußballspieler zu werden. Für mich war es eine wunderbare Zeit. Aber es war dann doch nicht die Erfüllung meines Lebens."

„Aja", meinte er dann, „und ins Kloster gehen und Basketball spielen, das ist es!"

„Lästere nicht! Du verstehst genau, was ich sagen will. Aber in einem Punkt hast du recht: In unserem Kloster wird inzwischen Basketball gespielt."

Stefano sah mich enttäuscht an: „Ihr spielt tatsächlich Basketball statt Fußball? Und du hast das auch noch eingefädelt? Und alle sind begeistert?"

„Begeistert nicht. Das gebe ich gerne zu. Aber was sollen wir machen?"

„Pater Johannes, der größte Fußballstar aller Zeiten spielt Basketball!" Er sagte es halb ironisch, halb bedauernd. „Alter Mann, wo ist deine Begeisterung geblieben?"

Ich blieb still. Was sollte ich sagen? Sicher war ich enttäuscht gewesen, als es so kam. Aber aus unserem Fußballplatz war eine Halle geworden. Wir waren nun Basketballer und zudem schlechte. Vielleicht fehlte tatsächlich die Begeisterung, da meine Mitbrüder, wenn sie denn früher sportlich interessiert gewesen waren, doch mehr Fußball geliebt hatten. Außerdem ist es nun mal so, dass Basketballspieler eher große Menschen sind. Und die fehlten uns.

Stefano sah mir wohl an, dass ich nicht ganz zufrieden war. Schließlich meinte er spitzbübisch: „Alter Mann, ich hätte da eine Idee."

„Eine Idee?"

„Ja, eine Idee, und ich meine, es ist eine gute, die dich aus den Socken hauen könnte, falls du denn welche anhast."

„Natürlich habe ich Socken an. Auch Mönche bekommen in unserer Gegend kalte Füße."

„Dann will ich es mal mit meinem Vorschlag versuchen, wobei ich mich allerdings wundere, dass du nicht selbst darauf gekommen bist."

Ich sah ihn fragend an.

„Sieh mal, ihr habt da beim Kloster diese wunderschöne neue Halle. Weshalb spielt ihr nicht Hallenfußball?"

Hallenfußball! Ja, weshalb war ich nicht selbst auf diese Idee gekommen? Aber da war ein Haken.

„Pater Reinhard hatte ausdrücklich verlangt, dass ich für Basketball sorgen sollte. Da kam ich nicht drum herum", sagte ich.

„Na und? Man kann in einer Halle sowohl Basketball als auch Hallenfußball spielen. Körbe und bewegliche Tore beißen sich nicht."

8. Der Tag an dem der Papst ein Tor schoss

Und so kam es, dass wir zwei Jahre später ein großes Fest im Kloster zu feiern hatten. Wir spielten Hallenfußball. Und nicht einfach so. Nein, wir waren inzwischen gut drauf und spielten gegen eine andere Mannschaft, die Patres und Brüder eines befreundeten Klosters, die es uns nachgemacht hatten. Ja, es war sogar geplant, eine richtige Kloster-Fußballliga zu gründen. Und was für mich besonders schön war: Oben im Fenster, besser gesagt auf der Fensterbank in der Halle, saß der kleine Di Stéfano. Er strahlte und winkte mir zu, und ich winkte zurück. Und als ich ihm so fröhlich zuwinkte, war er plötzlich verschwunden, so als hätte er sich in Nichts aufgelöst. Wie sollte es auch anders sein. Das kannte ich nun ja inzwischen schon. Und es gab Zeiten, in denen ich überlegt hatte, ob es ihn überhaupt wahrhaftig gegeben hat, den kleinen Di Stéfano. Hatte ich mir vielleicht alles nur eingebildet? War ich mit meinen Gedanken in meiner Kindheit gewesen? Hatte ich immer nur an meine eigenen Fußballträume von früher gedacht? An diese Träume, wie sie tausende von kleinen Di Stéfanos haben, die einmal auf einem Trainingsplatz eines bekannten Vereins dabei sein wollen, um dann berühmte Spieler zu werden, oder einfach nur glücklich sind dazuzugehören?

Nach Ende dieses Spiels ging ich aus der Halle hinaus ins Freie, um tief durchzuatmen. Ich war müde und abgekämpft und nahm mir vor, nie wieder Fußball zu spielen, denn ich war nun mal inzwischen wirklich ein alter Mann.
Und dann stand der inzwischen ja etwas älter gewordene kleine Stefano wieder vor mir! Er war ein-

fach nur nach außen geklettert. Jetzt strahlte er und gratulierte mir. „Aus dir wird noch was", meinte er.

Nun ja, ich hatte im Tor gestanden und nur wenige Tore zugelassen. Das konnte ich nun im Gegensatz zu früher, als ich als Vertretung für meinen Freund Michel das erste Mal Tormann war. Denn ich war ja größer und auch dicker geworden, und so ein Hallenfußballtor ist nun ja auch wesentlich kleiner.

„Hallo, Stefano", sagte ich, „da du schon mal hier bist, hast du Lust, mit unserer Mannschaft nach Rom zu reisen?"

„Nach Rom?"

„Ja. Im Vatikan ist man sehr angetan von unserer Idee mit dem Hallenfußball. Und wir sind eingeladen, gegen eine Mannschaft von dort zu spielen."

Wie hätte er da nein sagen können. Und so reiste er einen Monat später mit uns nach Rom. Und wir spielten tatsächlich gegen eine Mannschaft des Vatikans.

Nun es ist ja üblich, dass bei besonderen Fußballspielen ein Prominenter den Anstoß ausführt. Zu unserer Überraschung wollte das unbedingt der Papst selbst tun. So stellte er sich also tatsächlich in die Mitte des Hallenplatzes, sah den Ball vor sich liegen, überlegte kurz und donnerte ihn mit voller Wucht ins Tor - der Vatikanmannschaft. Denn wann schon hat ein Papst die Gelegenheit, gegen einen Fußball zu treten? So nutzte er es auch richtig aus und strahlte.

Im Tor des Vatikans stand, wie sollte es auch anders sein, und zu diesem Buch passend, mein Freund Michel, dem der Ball um die Ohren gesaust war. Er war inzwischen ein bekannter Mann im Vatikan. Ich wunderte mich über nichts mehr.

Wie das Spiel ausging? Dazu sage ich nichts. Man staunt aber, wie beweglich die Herren dort sein können, wenn sie mal die Gelegenheit haben, Fußball zu spielen. ....

Bild Cover nach

piqs.de Kostenlose Bilder

W. Schaube Netzausfall